Philippe Chagnon est né à Saint-Hyacinthe en 1986. Il étudie en musique et en philosophie avant de consacrer son temps libre à l'écriture. Son premier recueil de poésie, *Cœur takeout*, paraît en 2013 aux Éditions de l'Écrou. En 2017, Del Busso Éditeur publie son deuxième recueil, *Arroser l'asphalte*. Dans la même année, Philippe est nommé l'un des dix jeunes auteurs à surveiller de l'émission *Plus on est de fous, plus on lit !* Son premier roman, *Le pourboire*, est paru en 2019 aux éditions Triptyque.

L'ESSOREUSE À SALADE

Du même auteur
chez d'autres éditeurs

Le triangle des berceuses,
Del Busso Éditeur, poésie, 2019

Le pourboire,
Triptyque, roman, 2019

Arroser l'asphalte,
Del Busso Éditeur, poésie, 2017

Cœur takeout,
Éditions de l'Écrou, poésie, 2013

Philippe Chagnon

L'essoreuse à salade

roman

H
hamac

Direction littéraire : Éric Simard
Révision : Mélanie Darveau
Coordination éditoriale : Marie-Michèle Rheault
Mise en pages : Pierre-Louis Cauchon
Photographie de couverture : Özlem Süle sur Unsplash
Maquette de couverture : Francesco Gualdi

Si vous désirez être tenu au courant
des publications de HAMAC,
vous pouvez nous écrire par courrier,
par courriel à info@hamac.qc.ca
ou consulter notre catalogue sur Internet :
www.hamac.qc.ca

835, av. Turnbull
Québec (Québec)
G1R 2X4

Dépôt légal :
Bibliothèque et Archives
nationales du Québec, 2019
ISBN papier : 978-2-89791-134-8
ISBN PDF : 978-2-89791-075-4
ISBN EPUB : 978-2-89791-090-7

Diffusion au Canada :
Diffusion Dimedia
539, boul. Lebeau
Montréal (Québec)
H4N 1S2

Ventes en Europe :
Distribution du Nouveau Monde
30, rue Gay-Lussac
75005 Paris

Hamac est une division des éditions du Septentrion.

Nous remercions le Conseil des Arts du Canada et la Société de développement des entreprises culturelles du Québec (SODEC) pour le soutien accordé à notre programme d'édition, ainsi que le gouvernement du Québec pour son Programme de crédit d'impôt pour l'édition de livres.

Financé par le gouvernement du Canada | Canada

L'auteure tient à remercier le CALQ pour l'obtention d'une bourse de rédaction.

Prologue

Environ deux ou quatre semaines avant que je n'aille définitivement vivre dans la pièce à débarras, j'essorais de la salade dans l'essoreuse à salade. Margot m'avait demandé un coup de main pour préparer le souper. Ça ne me tentait pas, j'étirais le temps avant de commencer, et elle s'était fâchée contre moi – moi qui ne voulais qu'aider, mais à mon propre rythme. Le lendemain de cette nouvelle crise, j'ai pris une décision : je commencerais à transférer peu à peu mes affaires dans le débarras à l'arrière de la cuisine.

Première partie

Quand j'ai commencé à vouloir faire du débarras un local de pratique, je ne pensais pas y passer autant de temps. Margot devait cogner deux fois avant d'ouvrir pour me parler ; c'était mon endroit à moi, mon petit jardin secret, une belle pièce aménagée pour ma passion et mon métier : la musique. On avait convenu qu'elle ne viendrait pas m'y déranger pour un rien, me demander ce que je voulais manger pour souper par exemple, mais seulement pour les urgences (sachant que dans la vie courante, il n'y en a pas beaucoup).

Je pouvais passer beaucoup de temps à faire des gammes et des arpèges. J'y consacrais souvent plus de deux ou trois heures par jour. Margot croyait à tort que c'était un moyen de lui échapper. En fait, c'était simplement pour me préparer aux nombreux spectacles que je devais donner avec différents ensembles musicaux – il fallait bien garder la forme pour gagner ma vie. Pour sa part, Margot payait sa moitié du loyer en travaillant au magasin de vélo de son père – où je n'allais jamais la déranger (j'avais mes raisons).

Dans une faible tentative d'insonoriser le local, j'avais cloué des draps sur les quatre murs du petit débarras. Il m'avait fallu un après-midi complet pour installer le tout – et il en manquait encore un peu pour recouvrir le mur de gauche. Sur ce mur se trouvaient également accrochés à des clous une pelle, un escabeau deux marches, un chariot pour l'épicerie qui ne servait jamais et des sacs réutilisables aux couleurs de différents supermarchés. Sur le mur du fond qui faisait dos à la ruelle et sur celui de droite qui communiquait avec la cour arrière se trouvaient empilés des bacs en plastique rigide remplis de trucs divers pas assez importants pour être gardés à l'intérieur de l'appartement, mais pas assez banals pour être jetés (débarras un jour, débarras toujours). Sur le dernier mur, celui faisant la jonction avec la cuisine, j'avais accroché un grand miroir qui servait à me regarder pratiquer, à perfectionner mes mouvements dans la répétition. Le reste de l'espace était occupé par un lutrin qui tenait les partitions, un tabouret de pratique, mon instrument et un bac de plastique dont je me servais comme table d'appoint. Mon ordinateur portable y était ouvert en permanence – je devais faire attention à ne pas trop procrastiner ; même si le signal wi-fi était faible dans la petite pièce, le risque de perdre mon temps demeurait grand.

Un matin, ce matin-là, j'ai pris mon courage à deux mains et j'ai déménagé tout ce qui avait rapport à ma carrière dans le débarras. Margot est rentrée du travail et a trouvé mon bureau vide – c'était en fait une deuxième chambre qu'on n'utilisait pas et que j'avais pris soin de convertir en local de pratique. Voyant la pièce vide, elle a peut-être pensé que je l'avais quittée pour de bon, mais ce n'était pas le cas. Elle n'avait eu qu'à suivre la musique et à ouvrir la porte du débarras déverrouillée – elle n'avait pas cogné, c'était sa première fois tout de même, on n'avait pas encore parlé du code entre nous – pour découvrir ce que j'avais manigancé. Trop occupé à pratiquer des gammes avec mon archet, je ne l'avais pas entendue arriver. Il faut dire que la répétition des notes m'entraînait souvent dans une sorte de transe. J'ai sursauté ; elle a poussé un soupir profond comme l'océan – qu'elle n'avait jamais vu, mais dont elle connaissait l'étendue grâce à l'internet et à quelques années d'école.

Margot avait roulé des yeux (elle savait que je détestais quand quelqu'un faisait ça) avant de refermer la porte et d'aller passer un coup de téléphone à sa mère. Je le sais parce que c'est toujours la première chose qu'elle fait quand elle est contrariée – et elle l'était sans l'ombre d'un doute.

Un jour, peut-être le lendemain mais peut-être pas non plus (le temps file), sa mère est arrivée alors que j'étudiais en profondeur des partitions compliquées dans mon local de pratique (le débarras, selon Margot). Les deux femmes s'étaient assises à la table de la cuisine, à quelques pieds seulement de la porte de mon espace de travail, mais le bruit de leur conversation ne me dérangeait pas dans ma tâche. Il consistait plutôt en un bourdonnement faible et constant. Elles chuchotaient peut-être contre moi, qu'est-ce que j'en savais – à part avoir certains doutes. Trop curieux, je m'étais finalement décidé à sortir au bout de vingt minutes, laissant croire que je voulais me servir un verre d'eau et grignoter un morceau. Le regard auquel j'ai eu droit de la part de sa mère m'a coupé l'appétit, mais m'a réellement assoiffé ; j'ai dit bonjour d'une bouche pâteuse. Ensuite, j'ai remarqué qu'elle avait apporté un gâteau pour sa fille, il était sur la table. Je me suis alors questionné à savoir si elle prévoyait rester pour le souper. J'ai rempli mon verre d'eau et j'ai dit que je devais retourner à mon travail. Aucune réponse. Je suis resté caché dans mes partitions jusqu'à ce que sa mère quitte l'appartement après le souper.

L'autre porte du débarras donnait sur une cour arrière plutôt restreinte. Si je le désirais, je pouvais y faire sortir mon instrument. C'était beaucoup mieux que d'avoir à traverser l'appartement au grand complet. Elle me permettait également de sortir en douce par la ruelle, c'était surtout pratique pour les fois où je ne voulais pas croiser Margot qui regardait sans cesse la télévision dans le salon (quand elle n'était pas au travail).

De temps en temps, lorsque j'étais seul en après-midi, il m'arrivait d'écourter mes séances de pratique pour écouter la télévision. Je déposais mon archet sur le lutrin, couchais délicatement mon instrument au sol et allait me vautrer dans le divan du salon. Parfois, j'apportais des partitions pour me donner bonne conscience. Je les étudiais tout en regardant du sport. Je me laissais bercer au son des voix des commentateurs qui y allaient de statistiques en prédictions en passant par la description de l'action – quand il y en avait. Je retournais ensuite, heureux ou déçu, tout dépendait du type de match que j'avais vu (je suis facilement influençable), dans mon local de pratique jusqu'à l'arrivée de Margot qui ne me demandait jamais ce que j'avais fait de ma journée.

À ce stade-ci de notre histoire, je ne dormais déjà plus dans la chambre. Ça avait commencé quelques semaines avant le déménagement dans le débarras. Pendant la nuit, j'occupais le divan-lit du salon. Notre vie de couple s'était détériorée – paresse, colère, argent, routine, etc. Il me semblait que plus Margot me voyait et plus elle me détestait. J'avais bien essayé de m'impliquer davantage dans les tâches quotidiennes, mais il était trop tard. Rien n'était jamais assez bien pour elle, moi y compris.

Un soir, une amie à moi est venue me rendre visite à l'improviste. Margot me l'avait annoncée avec dédain – elle n'aimait pas que je sois en présence d'autres femmes, mis à part sa mère (et là, c'était moi qui n'aimais pas être en sa présence). J'étais sorti de mon local pour les rejoindre au salon. Mon amie avait raconté que le chanteur de son groupe était parti avec l'argent qu'ils avaient amassé afin d'enregistrer leur premier démo. Elle pleurait. Je lui avais proposé des mouchoirs et un souper. Margot m'avait regardé méchamment, je devais trouver une autre idée. Mon amie pleurait encore. Quand je lui ai annoncé qu'elle pouvait rester à coucher, si elle le voulait, sur le divan-lit (en dernier recours, il me restait toujours le débarras), Margot s'est levée et est allée s'enfermer dans la chambre. Mon amie s'était finalement calmée et avait refusé mon offre, ce qui s'avérait être une bonne chose pour moi. Elle s'était mouchée un bon coup avant de se lever et de me faire la bise. Aie ! ça pique, avait-elle dit (je ne me souvenais pas de la dernière fois où je m'étais rasé). Je n'avais pas revu Margot de la soirée.

Il n'était pas rare que je passe la journée complète sans sortir de mon pyjama. C'était plutôt utile et confortable à la fois. Je me levais, préparais du café et disparaissais ensuite dans mon local de pratique. Je me réchauffais les doigts, m'étirais les bras et le dos, puis je revenais à l'intérieur pour me prendre une tasse de breuvage bien chaud. Souvent, je ne mangeais rien avant l'heure du midi. Quelques rares fois seulement, j'avais eu trop faim, mon ventre avait quémandé de la nourriture avant son heure, et j'avais pris un bol de céréales avec du lait. Un de ces matins, la sonnette de la porte de devant m'avait dérangé alors que j'avais la bouche remplie de Frosted Flakes. C'était le facteur qui apportait un colis. Monsieur Chagnon ? avait-il demandé. Oui, c'est bien moi, avais-je répondu sans réfléchir (mais ce n'était pas moi – c'était l'ancien locataire qui n'avait pas fait son changement d'adresse, il n'habitait plus ici depuis juillet dernier). Ça lui prenait une signature juste ici – ce que j'ai fait sur l'écran tactile à l'aide du petit stylet de plastique, une griffe assez floue ma foi, mais suffisante pour prendre possession de la boîte qu'il me tendait. Cette dernière, d'une douzaine de pouces de large sur six de profondeur et six de hauteur sur laquelle était apposé un collant indiquant que la nature de son contenu était fragile, ne me disait rien (normal, elle ne s'adressait pas à moi). Après coup, même en y pensant bien, je n'ai aucune idée de ce qui m'avait poussé à accepter le colis.

En toute fin de journée, assis sur mon tabouret de pratique, je regardais Margot me sermonner sur mon absence et mon manque d'implication grandissant dans l'appartement. Il est vrai que je n'y mettais plus les pieds que pour manger, écouter la télévision et dormir dans le salon – et encore –, mais je ne comprenais pas le fondement véritable de sa colère. Après tout, si j'avais décidé de recentrer dans le local la majeure partie de mon temps libre, c'était parce que je lui tombais de plus en plus sur les nerfs – et ça n'allait apparemment pas en s'améliorant. C'est un problème étrange que celui de ne pas savoir où se mettre pour exister doucement.

Le colis traînait toujours en plein centre de la table de la cuisine. Je l'avais laissé là comme si l'objet devait lui-même décider de son sort (en vérité, je le laissais traîner nonchalamment, ça diminuait mon sentiment de culpabilité). Margot ne savait pas plus que moi ce qu'il y avait à l'intérieur, et mis à part le fait que la boîte encombrait toujours la table de la cuisine, elle s'en foutait.

Johanie va venir dormir quelques soirs à la maison, m'a annoncé tout bonnement Margot devant une platée de spaghettis. Quoi ? ai-je dit d'une voix confuse. Et elle a répété que Johanie allait venir passer quelques nuits à la maison – c'était bien ce que j'avais compris. Mais si elle venait à la maison, ai-je pensé, elle prendrait certainement possession du divan-lit (en effet, il était pratique pour dépanner un ou une invité(e), mais puisque je l'utilisais chaque soir ces derniers temps, l'idée de m'en départir et de devoir me rabattre sur le débarras pour passer la nuit ne m'enchantait pas du tout).

Margot m'a réveillé en voulant se faire du café, le bruit du moulin broyant les grains agressait mes oreilles. N'oublie pas que Johanie arrive cet après-midi, m'a-t-elle dit alors que j'étais à peine debout. Je lui ai affirmé que je m'en souvenais. Et arrange-toi pour ne pas la faire attendre quand elle va venir sonner avec ses valises, a-t-elle repris, je sais que tu perds souvent la notion du temps dans ton foutu débarras de merde. Sans répondre, je me suis passé une main dans la barbe et me suis dirigé dans la salle de bain. Je voulais maintenant être seul pour retrouver et faire revivre le rêve dans lequel j'étais plongé avant de me faire réveiller brusquement. J'avais l'impression que c'en avait été un beau sans pourtant parvenir à m'en souvenir. Malheureusement, plus je me concentrais pour le reconstituer et plus il s'échappait entre mes doigts. Le jet d'urine s'est terminé au moment même où Margot m'a crié – et elle savait probablement la réponse en son for intérieur – si je désirais un café. Et j'ai crié par-dessus le bruit de la chasse d'eau que oui, je voulais bien un café, merci.

Elle ne m'a pas embrassé avant de sortir de l'appartement en coup de vent. Ce temps-là était révolu. Par contre, elle n'avait pas oublié de me demander de bien vouloir sortir le recyclage, elle avait entendu le camion au bout de la rue. J'ai été mettre une veste et j'ai sorti le bac vert (on le gardait à portée de main dans la cuisine – à droite de la porte de mon local). À l'autre extrémité de la rue, j'ai aperçu Margot sur son vélo. Elle s'en allait dans la direction opposée au camion de recyclage et semblait parler au téléphone cellulaire avec la main qui ne touchait pas le guidon. C'était dangereux, d'autant plus qu'en ce début d'hiver, une fine couche de neige recouvrait la chaussée. À cet instant, je ne lui ai pas souhaité qu'elle se blesse, je me suis seulement dit que ça lui apprendrait, enfin peut-être, qu'une bonne fois elle se ferait frapper et qu'elle en tirerait une leçon (il me semble que plus le coup est dur, mieux le message passe). J'ai déposé le bac sur le trottoir et je suis retourné à l'intérieur pour attendre le passage du camion. Je me suis assis sur le lit dans notre (sa) chambre à coucher, ce cher lit, et je me suis mis à fixer la piste cyclable devant la fenêtre. Six cyclistes téméraires avaient eu le temps de passer avant que le camion n'apparaisse dans mon champ de vision. Un homme d'un âge incertain – un vidangeur quoi – a saisi les bacs cordés devant le bloc appartements, a vidé leur contenu dans la benne et les a balancés sur le trottoir comme s'ils étaient de vulgaires déchets. J'ai attendu encore trois ou quatre minutes, tout juste le temps que le camion s'engage dans la ruelle et je suis sorti récupérer mon bac vert pour le remettre à sa place dans la cuisine. C'est seulement là que j'ai pleinement pris conscience que l'amie de Margot, Johanie, allait arriver aujourd'hui et je me suis demandé vers quelle heure (en fait, ça ne changeait rien).

Les suites pour violoncelle seul de Bach sont reposantes à écouter, mais pas à jouer. Pour rajouter à cette difficulté, je devais les transposer à mon instrument ; ce n'était pas une partie de plaisir. Depuis une heure, je repassais les mêmes huit mesures encore et encore, mais je n'y arrivais pas ; les doigtés différaient de ceux indiqués sur la partition initiale et le trait d'archet ne voulait pas s'ancrer dans ma mémoire gestuelle. J'avais beau me regarder droit dans le miroir, mes mouvements manquaient de fluidité d'exécution, je ratais les liaisons ; je n'y arrivais tout simplement pas. Le plaisir de jouer disparaissait doucement, et la lassitude s'installait. C'est la sonnette de la porte d'entrée qui m'a dégagé de cette impasse. J'ai sursauté. Il était plus que probable que ce soit l'arrivée tant attendue de Johanie. J'ai déposé mon instrument sur le sol et j'ai été ouvrir la porte de devant. C'était elle. Elle est entrée, m'a fait la bise (pourquoi ?), m'a dit que ça piquait (original), et s'est tout de suite dirigée vers la chambre (première porte à droite). Elle a balancé sa valise sur le lit, l'a ouverte, savait comment s'y prendre, on aurait même dit qu'elle connaissait l'endroit. Je lui ai offert à boire, elle a refusé poliment, et j'ai ajouté qu'elle ne devait pas se gêner si elle avait besoin de quoi que ce soit – je sentais que j'avais avantage à être doux. Elle m'a alors demandé si j'avais un double des clés de l'appartement ; ce serait pratique, disait-elle comme argument principal, mais non, désolé – cependant différents breuvages l'attendaient dans la cuisine, si jamais elle changeait d'idée.

Avec un certain courage – et rien d'autre à faire –, j'ai repris ma pratique en décidant de faire des gammes pizzicato – c'est-à-dire avec les doigts (ou sans archet). Je montais et descendais le manche au rythme du métronome réglé à soixante pulsions par minute. J'aurais tout aussi bien pu fixer la trotteuse d'une horloge comme le faisait mon ancien colocataire du temps du cégep après avoir fumé un joint, mais il n'y avait ni l'un ni l'autre dans mon local de pratique. Bref, depuis un certain temps, j'étais obsédé par cette idée de jouer en symbiose parfaite avec quelque chose. Ça me procurait un sentiment indescriptible, que je n'arrivais pas à décrypter – un peu comme le rêve de ce matin. Johanie ne le comprenait apparemment pas plus que moi. Elle a monté le volume de la télévision, tellement que je distinguais mal le son de mon propre instrument. Quand je cessais de jouer quelques instants, elle baissait le son et dès que je recommençais, elle le remontait. C'était un jeu bien stupide, mais il fallait que je prenne des pauses entre mes exercices. Alors j'y ai joué. À un moment, le voisin du dessus a frappé plusieurs fois sur le plancher de sa cuisine (notre plafond du salon). Il devait être écœuré d'assister involontairement à notre combat sonore inutile. Johanie a laissé tomber la première. Je remportais une belle victoire, mais il y avait longtemps que l'envie réelle de pratiquer était disparue. C'était de bonne guerre.

Par-delà la porte du débarras, j'ai entendu le micro-ondes se mettre en marche. J'espérais que Johanie n'était pas en train de réchauffer le restant de lasagne de ma belle-mère.

J'ai entrouvert la porte du débarras après avoir entendu celle du micro-ondes se refermer. Assise dans le salon, Johanie mangeait le restant de lasagne de ma belle-mère.

Je souhaitais que Margot ne revienne pas trop tard du travail. Il fallait qu'on ait une discussion tous les trois afin de mettre les choses au clair. Johanie a cogné à ma porte, elle voulait savoir si elle pouvait emprunter mon vélo pour aller faire des courses. Après ce qu'elle m'avait fait, ça ne me tentait pas de la dépanner, mais j'ai dit oui quand même. Elle m'a aussi demandé si je pouvais lui donner un double de la clé du cadenas (ça, j'en avais un), et je le lui ai remis. Elle a refermé la porte, et j'ai attendu qu'elle soit partie pour sortir de mon local et inspecter l'appartement (surtout la chambre).

À première vue, tout était en ordre. Il faut dire que Margot possédait un côté plutôt maniaque quant au ménage – et que je ne touchais pratiquement plus à rien. La cuisine et le salon étaient impeccables, mais la porte de la chambre à coucher était fermée, je devais aller voir. Je suis entré pour découvrir que Johanie avait terminé de défaire ses valises et que tous ses vêtements étaient déjà rangés dans les tiroirs de la commode. Dans la salle de bain, de nouveaux produits avaient été disposés à l'intérieur de la douche et une nouvelle brosse à dents était apparue dans le verre à droite du lavabo. Je sentais qu'elle allait rester plus longtemps que prévu.

Pour me calmer, je me suis masturbé devant un vidéo pornographique à l'ordinateur du bureau de travail installé dans la cuisine (l'écran est beaucoup plus grand que celui de mon ordinateur portable et la connexion internet meilleure). J'ai fait vite au cas où Johanie serait revenue rapidement de faire ses courses. J'ai éjaculé dans quatre carrés de papier hygiénique pliés en deux et je les ai jetés dans la toilette avant de tirer la chasse d'eau. Une fois, il m'était arrivé d'oublier de tirer la chasse et Margot m'avait questionné à propos de l'amas de papier blanc visqueux au fond de la cuvette – je m'en étais bien tiré (on aurait juré qu'il s'agissait d'un vieux won-ton) et je n'avais jamais plus oublié depuis. J'ai ensuite effacé l'historique de recherche et je suis retourné dans le débarras, l'érection encore apparente dans mon pantalon de jogging noir.

Je n'avais plus envie de jouer et ne savais pas quoi faire pour passer le temps, mais j'aimais mieux ne pas être là quand Johanie reviendrait avec ses sacs. Lui donner un coup de main était hors de question et le meilleur moyen de m'en sauver était de rester enfermé. C'est donc en ne faisant rien de particulier dans mon local de pratique que j'ai réalisé que je trouvais Johanie de mon goût. Je me suis fait à l'idée ; sa beauté était ce qui m'avait d'abord déstabilisé quand elle m'avait fait la bise et, paradoxalement, c'était aussi ce qui me poussait à vouloir me tenir loin d'elle. J'ignorais encore quelle serait sa place dans l'appartement, mais une chose était certaine : mon rôle allait bientôt changer du tout au tout.

De la pluie verglaçante a commencé à tomber. Je m'en suis aperçu quand les gouttes se sont mises à tambouriner sur le conduit d'aération du poêle de la cuisine qui traverse le débarras. De par la seule fenêtre qui donnait sur l'extérieur, j'ai observé l'averse dans la cour arrière pendant de longues minutes. La pluie s'est doucement changée en neige collante, c'était maintenant de gros flocons qui tombaient. Je me suis demandé s'il n'y allait pas avoir un orage ; le débit était de plus en plus fort, le ciel s'obscurcissait dangereusement et la neige s'était de nouveau changée en pluie. Je me suis questionné sur la possibilité scientifique qu'un orage se produise en hiver ; j'ai aussitôt vérifié sur mon portable. Selon un site internet météorologique relativement fiable (de par leur sujet commun, ils le sont tous), ça se pouvait, mais le phénomène était plutôt rare à cette période de l'année – qu'est-ce que j'en avais à faire, pour vrai, moi, des orages hivernaux finalement. La seule idée qui m'est venue à l'esprit à cet instant, c'est que ce serait donc dommage d'être pris sous cette averse à vélo avec des sacs remplis de provisions. Et l'électricité a coupé net au moment même où un premier éclair déchirait le ciel gris.

Johanie est arrivée alors qu'il faisait encore noir dans l'appartement. J'avais dû sortir du débarras pour allumer des chandelles dans la cuisine afin d'y voir quelque chose (pas beaucoup de fenêtres dans ce logement au rez-de-chaussée). Elle était trempée et avait jeté son manteau et ses sacs dans le bain pour ne pas mouiller davantage le plancher. Assis à la table de la cuisine, c'était la première fois que je la regardais comme une personne à part entière – je veux dire, c'était la première fois qu'elle avait l'air humaine, que je réalisais qu'elle n'était pas purement et simplement notre nouvelle locataire (et plus si affinité). Le chauffage ne fonctionnant plus depuis près d'une heure, l'appartement commençait à être froid. Je me suis levé pour lui apporter une serviette propre, elle devait se changer pour ne pas tomber malade.

Margot est arrivée alors qu'il faisait encore noir dans l'appartement. Étendu nu sur le lit de la chambre, il était évident que j'avais couché avec Johanie, mais cette dernière défaisait maintenant les sacs de provisions et les rangeait dans la cuisine – c'était donc moins clair pour Margot. Elle m'a regardé froidement – toujours pas de chauffage – et m'a demandé ce que je faisais là. Je ne faisais absolument rien, c'est ce qui la mettait encore plus en colère (bon, pas tout à fait rien ; il y avait longtemps que je ne m'étais pas prélassé dans un vrai lit, j'en profitais pour frotter mes mains sur les draps quelques secondes afin d'en sentir le picotement au creux de mes paumes – j'adorais ça). Je crois que ce serait mieux pour tout le monde si tu partais d'ici, m'a suggéré Margot d'une voix tremblotante (de tristesse ? de rage ?). J'étais surpris, mais pas tant. J'ai alors essayé de convaincre Margot que je pouvais changer et que tout pouvait redevenir normal entre nous – alors que ce n'était pas vrai et que ça ne me disait rien du tout. Elle hochait la tête, c'était impossible, il fallait trouver un terrain d'entente. On a donc conclu qu'à partir de maintenant, je devais me restreindre à vivre uniquement dans le débarras, à n'utiliser du reste de l'appartement que la cuisine pour préparer mes repas en solitaire et la salle de bain pour des questions d'hygiène qu'on comprendra. Ça ne me paraissait pas un très bon arrangement, mais je n'avais pas envie de quitter ce lieu et de me mettre à la recherche d'un nouvel appartement. Le courant n'était toujours pas revenu quand j'ai enfilé mes pantalons de jogging noirs et que je me suis dirigé vers mon local en tâtant les murs du couloir. À l'ombre de deux chandelles, Johanie étalait maintenant un jeu de patience sur la table de la cuisine. Dans une armoire, j'ai pris deux chandelles et un briquet. Lorsque je me suis retourné, elle m'a adressé un doux clin d'œil. Je savais que quelque chose de moi coulait en elle ; c'était très étrange d'avoir débuté ce scalène amoureux.

Au fil des jours qui ont suivi la panne, j'ai compris que Johanie était plus qu'une simple colocataire, elle était la nouvelle fréquentation de Margot (on ne m'avait donc pas tout dit !). La discussion que j'aurais voulu avoir pour mettre les choses au clair n'avait pas eu lieu, mais je m'étais acclimaté mieux que je ne l'aurais cru à la situation et à ma petite vie dans le débarras. Même si j'avais eu beaucoup de temps pour réfléchir, je n'arrivais toujours pas à comprendre pourquoi Margot avait voulu me laisser au départ (ou était-ce moi qui l'avais voulu le premier ?). En tout cas, j'étais rendu à coucher avec sa nouvelle petite amie quand elle était au travail – le retour du balancier.

Deuxième partie

Avec les évènements des derniers jours, j'avais complètement oublié la pratique générale du vendredi et je ne me suis pas présenté au spectacle du samedi. On m'a envoyé un simple courriel qui m'apprenait ma suspension du groupe puis un autre deux heures plus tard m'apprenant qu'après mûre réflexion, j'étais plutôt mis dehors. C'était complètement stupide de ma part d'avoir laissé les choses aller ainsi, mais les récents changements dans ma vie bousculaient de beaucoup mon quotidien. D'abord, il n'était pas tout à fait clair que Margot et moi étions définitivement séparés (sinon pourquoi s'entêter à rester sous le même toit malgré nos prises de bec ?), le réaménagement de mon local m'avait demandé beaucoup de temps (pour le rendre habitable) et j'avais laissé de côté la musique, ce que je regrettais maintenant, devant le courriel auquel il ne servait à rien que je réponde. La tournure des évènements qui ne faisait aucun sens et mon attitude me décevaient. Comme si ce n'était pas assez, Johanie songeait à mettre fin à notre aventure de peur de se faire prendre – et je savais que j'avais intérêt à me tenir tranquille ; maintenant que je me retrouvais sans emploi (et même si je passais la majeure partie de mon temps cloîtré dans le débarras), la possibilité de payer le loyer à trois m'arrangeait. Il fallait toutefois que je commence à chercher – surtout à trouver, en fait – de l'argent quelque part. Si je n'avais plus les spectacles pour m'alimenter, je ne voyais pas trop comment j'allais faire pour survivre.

Après avoir roulé mon sac de couchage, je suis rentré dans l'appartement pour me doucher. L'eau chaude qui martelait mon corps me faisait du bien. Elle me rendait invincible, me donnait l'impression que tout pouvait arriver, mais que rien ne m'arriverait. J'ai coupé l'eau, me suis séché et j'ai enroulé la serviette autour de ma taille avant de sortir de la salle de bain. Je croyais être seul dans l'appartement, mais la porte de mon local était ouverte alors que j'étais persuadé de l'avoir laissée fermée. C'est en m'en approchant silencieusement que j'ai surpris Johanie avec un de mes livres de partitions entre les mains. Je lui ai demandé ce qu'elle faisait là, elle ne le savait pas vraiment, elle a reposé le livre à sa place et est rapidement sortie du local en frôlant mon corps dans le cadre de porte. Elle est allée s'enfermer dans la chambre. Son odeur embaumait le débarras et j'avais besoin d'un café.

Johanie est revenue vers moi pendant que je buvais ma tasse assis sur le divan (quand Margot n'était pas là, je pouvais me permettre ce genre de petite folie). Le bas de mon corps était encore enroulé dans ma serviette et je fixais le mur au-dessus de la télévision – de beaucoup plus intéressant que les émissions matinales. Johanie s'est agenouillée devant moi sur le tapis, a relevé la serviette et a enfoui sa tête en dessous. Ses cheveux chatouillaient mes cuisses, mais je laissais les choses aller ; il ne fallait simplement pas renverser mon breuvage bouillant – je le bois noir, mon café. J'ai senti ses lèvres embrasser doucement mon membre grossissant puis une langue le lécher de bas en haut. Quand sa bouche l'a engouffré, c'était chaud. Ma serviette s'est défaite d'elle-même avec les va-et-vient de sa tête. Elle n'utilisait pas ses mains et pouvait descendre assez loin quand elle y allait lentement. De la bave commençait à couler de plus en plus de sa bouche (heureusement qu'il y avait la serviette sous mon corps). C'était bon. Elle enfonçait encore mon sexe, pouvait toucher mon ventre avec son nez, et elle restait là jusqu'à tousser avant de le laisser ressortir en bavant. Elle ne jouait pas avec la bave comme dans les films pornos, elle la laissait couler le long de mon pénis et de mes cuisses. Elle ne me regardait pas non plus dans les yeux, et c'était peut-être mieux comme ça. Peu après, j'ai éjaculé dans sa bouche. Elle est ensuite repartie dans la chambre avec ma tasse de café et un peu de mystère. Je suis retourné dans la douche.

Le soir même, en sortant de mon antre, je suis tombé sur cette scène : nappe rouge, bougies et pétales de roses dans le couloir. De la musique jazz jouait en sourdine. Une odeur de cannelle planait dans l'appartement. Johanie et Margot étaient toutes deux assises à la table de la cuisine et aucune n'a regardé dans ma direction. Je suis passé derrière elles pour me rendre à la salle de bain tout en essayant de localiser le colis que j'avais laissé traîner sur la table – il n'y était plus et je ne savais pas où il avait bien pu passer. Je me suis lavé les mains en espérant que tout redeviendrait normal (ça aurait très bien pu être un rêve), mais non ; à ma sortie de la salle de bain, il y avait toujours un souper romantique en plein cœur de ma cuisine et je n'y pouvais rien. Je suis retourné dans mon local et j'ai attendu que la soirée passe en regardant des vidéos sur mon ordinateur portable (la connexion fonctionnait bien). À un moment, l'idée de jouer de mon instrument pour les faire chier m'a traversé l'esprit, mais faire de la musique me tentait de moins en moins, j'ai vite abandonné le projet. À part de rares notes aiguës de saxophone ici et là, je n'ai pratiquement rien entendu venant de la cuisine, je ne sais même pas ce que les filles ont mangé. Je crois que c'était une attaque psychologique de la part de Margot.

Le lendemain matin, Johanie est venue me voir pour me prévenir qu'il n'y aurait plus de prochaine fois – on devait être plus sérieux, agir en adultes et laisser tomber ces amourettes qui ne menaient (potentiellement, selon elle) nulle part. Le souper de Margot avait fait son œuvre. Je crois que j'ai ressenti de la tristesse en quelque part, mais je restais persuadé que sa décision n'était que temporaire. Ce n'était pas sincère. Au fond de moi, je savais qu'elle allait revenir tôt ou tard – peu importe ce qu'en penserait cette maudite Margot (elle commençait à me fatiguer celle-là).

J'ai reçu un autre courriel. Celui-là m'apprenait que j'avais complètement oublié de me présenter à un rendez-vous concernant un important contrat de musique ; les organisateurs l'avaient attribué à quelqu'un d'autre. Je me suis donné une petite claque sur le front, pas violemment, juste assez sonore pour représenter la déception que je ressentais envers moi-même. J'ai répondu avoir eu un contretemps (ce qui a bien dû les faire rire), mais je n'ai pas reçu de réponse de leur part. J'étais partagé. Je voulais me faire pardonner et me faire oublier à la fois. Au point où en étaient les choses, j'ai opté pour m'effacer complètement de ce milieu envers lequel je perdais tout intérêt.

Pour décompresser et faire passer ma frustration, j'ai décidé de faire un tour dans l'appartement. J'étais seul depuis une trentaine de minutes et le moment était parfait pour retracer le colis sans déranger les filles. Des pétales de roses traînaient encore un peu partout sur le sol de la cuisine. J'ai donné des coups de pied pour les balayer, mais les morceaux semblaient collés au plancher, levaient peu ou pas, ce n'était pas satisfaisant. J'ai alors eu envie de mettre le feu à quelque chose, mais j'ai augmenté le chauffage en traversant le salon, j'avais froid. Ensuite, je me suis rendu dans la chambre à l'avant, pièce où je ne mettais plus les pieds, et je me suis arrêté un instant pour regarder la neige tomber lourdement par la fenêtre. Mes recherches m'épuisaient mentalement. Je me suis tourné vers le garde-robe avant de l'ouvrir. La boîte était là, sur la tablette du haut. Elle était toujours scellée, le ruban transparent n'avait pas été forcé. Je me demandais si je devais l'ouvrir immédiatement pour en finir une bonne fois pour toutes, mais un bruit de clé venant de la serrure de la porte d'entrée s'est fait entendre. Quelqu'un revenait déjà de quelque part. J'ai refermé la porte-accordéon derrière moi et j'ai éteint la lumière de la pièce exiguë. Entre les lattes horizontales, j'ai pu voir Johanie arriver et se dévêtir complètement – elle avait été courir (quelle idée par un temps pareil). Elle est ensuite disparue de mon champ de vision restreint et je l'ai entendue entrer dans la douche, faire couler l'eau. Je me suis assuré qu'elle était sous le jet pour ressortir du garde-robe avec la boîte et me réfugier dans ma pièce à moi.

Il était clair que je ne pouvais pas garder indéfiniment ce colis en ma possession, mais je ne savais pas encore quoi en faire. Je pouvais bien sûr essayer d'entrer en contact avec l'ancien locataire (ce cher monsieur Chagnon) pour le lui remettre – il lui était adressé après tout –, mais j'aimais l'idée de le garder encore un peu avec moi. D'un autre côté, plus j'attendais avant de lui rendre sa boîte et plus la situation gagnait en étrangeté. Le moment viendrait où je ne pourrais plus la remettre à son propriétaire sans devoir m'expliquer et je ne saurais pas quoi dire – ça devenait un peu con. Finalement, je ne savais pas pourquoi j'avais pris le colis – j'aurais dû signaler l'erreur directement au livreur. Je commençais à angoisser. Après plus d'une semaine, celui qui avait passé la commande avait sûrement déclaré le colis perdu, mais, s'il l'avait fait, il aurait appris qu'un individu en avait accusé réception (en l'occurrence, moi, petit fauteur de trouble). Les choses se compliquaient drôlement. Je devais m'arranger pour lui remettre le colis ou le faire disparaître et dire que je l'avais renvoyé à l'expéditeur – ma parole contre celle d'un facteur, pour ce que ça vaut.

Je n'arrivais toujours pas à décider quelle action prendre. Tout en y réfléchissant, je me suis habillé chaudement et j'ai ouvert la porte qui donnait sur la cour arrière. Un peu d'exercice me ferait du bien. Je suis sorti avec ma pelle et j'ai commencé à me frayer un chemin de trois pieds de large jusqu'à la clôture bordant la ruelle, puis j'ai déneigé un angle d'ouverture de près de quatre-vingts degrés. À un certain moment, j'ai fait une pause, je me sentais observé. La ruelle était vide et blanche d'un blanc qui faisait mal aux yeux. Les fenêtres qui y donnaient permettaient à monsieur et madame Tout-le-Monde de m'espionner comme bon leur semblait ; moi, une petite tache en mouvement dans tout ce vide immaculé. J'ai levé les yeux au ciel et j'ai scruté chaque petite fenêtre du voisinage : rien. Or, ce n'était pas de très loin qu'on m'espionnait. En me retournant brusquement, j'ai vu le rideau de la cuisine se rabattre sur lui-même et tanguer un instant. C'était de l'intérieur de chez moi qu'on m'observait depuis tout à l'heure. Johanie n'avait donc rien à faire de plus important depuis sa sortie de la douche. J'ai pris le temps de terminer ce pour quoi j'étais sorti et je suis rentré au chaud. À cause de la neige, mes bottes avaient pris l'eau. Ça, personne n'avait pu le voir. Je les ai mises à l'envers sur le calorifère comme ma mère faisait quand j'étais petit.

Johanie a cogné à la porte de mon local. Dans ses mains, elle tenait un gros chandail de laine que je n'avais jamais vu. Tu dois être trempé, a-t-elle dit en me le tendant. J'ai hésité, surpris, mais j'ai fini par le prendre. Il était lourd (de la vraie laine). Mon chandail actuel était effectivement imbibé de sueur à la suite du pelletage (d'ailleurs, je ne faisais que très rarement un effort physique aussi soutenu). Je croyais qu'elle resterait le temps que je procède au changement de vêtements, mais non (j'oubliais vite qu'il ne se passait plus rien entre nous – foutue Margot). Elle a refermé la porte, me laissant seul avec le pull. Il était grand au niveau des épaules et plutôt court et étroit à la taille. Il ne me piquait pas (ce n'était peut-être pas de la vraie laine après tout). Je me suis réchauffé encore un moment avant de vérifier l'état de mes bottes ; elles séchaient tranquillement.

Je n'avais plus envie de jouer de la musique. Je regardais mon instrument et j'étais découragé, dégouté. En y pensant bien, si je souhaitais changer de vie, je devais me départir de deux choses : de ma contrebasse et de Margot. En commençant par la plus facile des deux, ce serait déjà ça de réglé – en plus, ça me ferait un peu de sous. Je connaissais l'existence d'un luthier à une dizaine de minutes de marche de l'appartement. Je pouvais m'y rendre sans prévenir et il me recevrait, regarderait, inspecterait et évaluerait l'instrument, me ferait une offre que je ne saurais refuser. Cet engin de malheur ne me manquerait pas. Il m'avait pris jusqu'ici presque tout mon temps, m'avait même coûté mon couple avec Margot (admettons). J'ai entrepris de ranger la contrebasse dans son étui, une housse noire qui avait des airs funèbres. J'y ai aussi joint l'archet ; le luthier me ferait un prix pour l'ensemble. Je l'ai ensuite accotée debout dans un coin libre de la pièce. J'imaginais déjà la face que Margot ferait quand elle apprendrait ce que j'avais fait, elle n'en reviendrait pas – Johanie non plus, quoi qu'elle s'en foutait peut-être un peu plus que l'autre. J'ai mis toutes mes partitions dans une boîte que je mettrais au bord du chemin le lundi suivant et j'ai démonté le lutrin métallique qui trônait au milieu de la pièce. Dans un autre coin, la neige restante sur la pelle fondait. Avec la partition du concerto pour contrebasse en si mineur de Bottesini, un concerto que je n'arrivais pas encore à jouer au complet après toutes ces années d'efforts, j'ai épongé la flaque grandissante au sol. Les feuilles se sont imbibées de liquide et les notes ont commencé à s'effacer lentement, à couler le long des lignes de la partition. À l'aide d'un sac de plastique à l'envers, j'ai ramassé les feuilles trempées – comme on le ferait pour une crotte de chien sur le trottoir. Ça n'avait pas très bien épongé la flaque, mais ça m'avait fait du bien au moral de détruire une partie de moi que je ne voulais plus jamais revoir.

Quand je me suis décidé à demander à Johanie si elle souhaitait m'accompagner, il était trop tard, elle s'était endormie dans le salon pendant que mes bottes séchaient – ça avait pris trop de temps. J'ai rassemblé mes affaires et je suis sorti par-derrière. La neige tombait encore, mais de moins en moins fort depuis ce matin, elle ne s'accumulait presque plus. Sans difficulté, je suis passé par le petit chemin que j'avais dégagé plus tôt. La clôture a grincé en s'ouvrant. Quelqu'un du voisinage avait déneigé une partie de la ruelle avec sa propre souffleuse à neige – voilà de la bonté à son état le plus pur. Au bout de la ruelle, j'ai pris à droite et je me suis engagé sur le trottoir. Il était mal déblayé et à peine praticable – la même chose chaque hiver : un employé de la Ville (toujours le même ?) s'évertuait à répandre de la gravelle sur le trottoir et elle gelait sous la glace quand le temps s'adoucissait, puis il repassait encore par-dessus avec d'autres nouvelles petites roches qui gelaient à leur tour, un cycle infini, inutile et con. Mon côté de rue était relativement bien déglacé – le côté qui reçoit le plus de soleil dans la journée. En arrivant au viaduc Rosemont, j'ai fait attention de ne pas cogner la tête de la contrebasse à l'entrée du passage piétonnier. La housse n'offrait pas une super protection, l'instrument pouvait s'abîmer si je ne faisais pas suffisamment attention. Je suis sorti du tunnel et j'ai encore pris à droite, avant de monter la côte et de faire une pause une fois en haut. La contrebasse était lourde et l'extension de mes bras pour la transporter commençait à faire souffrir mes coudes et mes biceps (une autre chose qui ne me manquerait pas). J'ai levé les yeux vers la rue et j'ai vu, un peu plus loin à droite – encore ! –, l'entrée du local du luthier. Une fois devant la porte, j'ai frappé avec mes gants, le bruit était étouffé. Aucune réponse. J'ai enlevé mon gant pour frapper de nouveau ; un son moins feutré, plus sec. Toujours sans réponse, j'ai appuyé sur le bouton de la sonnette – il y avait une sonnette – et on est venu m'ouvrir.

Divers instruments pendaient, accrochés au plafond, d'autres gisaient rangés et bien cordés dans un étalage en bois qui ne semblait pas des plus solides. Une forte odeur de colle à bois flottait dans l'air, prenait à la gorge, donnait mal au cœur. J'ai laissé ma charge sur un vieux tapis sale, mais c'était là qu'on m'indiquait de la déposer. Le luthier m'a serré la main, ça me brûlait dans le coude. Je me suis penché et j'ai tiré la fermeture éclair pour dévoiler le bois pâle presque blond de ma compagne. Le luthier se frottait les mains avec un linge usé (il a ensuite essayé de les essuyer sur son jeans avant de toucher l'instrument). La housse est tombée lourdement sur le sol. Ma contrebasse se dénudait devant moi pour la dernière fois. Le luthier s'est agenouillé pour regarder à l'intérieur par les ouïes. À l'aide d'une petite lampe de poche accrochée à son porte-clés, il essayait de lire l'étiquette indiquant la provenance et la date de fabrication de l'instrument. Je n'avais moi-même jamais vérifié, le vendeur m'avait dit : Allemagne, 1974. J'avais payé deux mille cinq cents dollars fermes. Le luthier s'est relevé en grommelant (on a plus vingt ans) et a dit : Chine, 2002, je pourrais t'en donner deux cent cinquante. J'aurais aimé avoir plus (le prix comprenait aussi l'archet et la housse), mais il a refusé ; le manche présentait des aspérités d'usure, les cordes devaient être changées et il fallait retravailler le bois à plusieurs endroits dans le dos de l'instrument. Heureusement pour tout le monde, ma décision était déjà prise avant même d'arriver ici ; j'ai accepté les deux cent cinquante dollars. Il m'a donné le montant en coupures de vingt – et un dix. Je lui ai serré la main, mon coude élançait, et je suis sorti sans même jeter un dernier regard à la contrebasse, elle n'existait plus (je suis un être parfois radical).

Le trajet pour revenir à l'appartement me paraissait plus long même si je savais que ce n'était pas le cas. Je me sentais léger, peut-être mon rythme de marche avait-il décéléré. Je ne regrettais en rien ce que je venais de faire, mais je ne pouvais m'empêcher de repenser à ces bons moments passés à jouer de la musique, ça me faisait quelque chose. De plus, je devais rapidement trouver un sens à ma nouvelle vie. Sous le viaduc, un vélo s'était engagé sur la voie piétonne – une piste cyclable est aménagée tout juste de l'autre côté. Je restais sans dévier de ma trajectoire, l'un de nous devrait éventuellement se tasser pour laisser passer l'autre – mais j'avais priorité et je voulais le défier. Le cycliste dû mettre un pied à terre pour ne pas me heurter, et c'est là qu'une idée m'est apparue. Au même moment où je me suis vu pousser le cycliste par-delà la rambarde de sécurité pour qu'il tombe dans la rue, j'ai su comment me débarrasser de Margot (rien de moins).

Le soleil se couchait et je frottais ensemble les billets dans la poche de mon pantalon. En repensant à l'idée que j'avais eue, j'ai souri comme un voleur. Ensuite, j'ai ri comme un assassin jusqu'à lâcher un cri de psychopathe – et je me suis ressaisi (tout ça me donnait l'air plutôt louche).

À mon arrivée dans la cour, la clôture était encore ouverte, comme au moment de mon départ. Je l'ai refermée et je me suis retrouvé devant la porte du débarras – verrouillée. Je ne me souvenais pas l'avoir barrée. Heureusement, mes clés étaient dans mon manteau. J'ai ouvert la porte menant directement dans mon local de pratique (je devrais désormais lui trouver un nouveau surnom) et je suis tombé sur Johanie. Je l'ai surprise à fouiller dans mon ordinateur portable (note à moi-même : changer le mot de passe, *contrebasse* est trop facile à deviner). Faudrait-il désormais que je verrouille l'accès à mon local de l'intérieur ? Elle ne s'attendait visiblement pas à me revoir si tôt, elle s'était fait prendre comme une débutante pour une deuxième fois. Je voulais savoir ce qu'elle avait eu le temps de faire sur mon ordinateur, quels dossiers elle avait ouverts, mais elle s'est réfugiée dans la cuisine sans me répondre. J'espérais seulement que ce n'était pas Margot qui lui avait ordonné de fouiller dans mes affaires, elle me fatiguait déjà assez comme ça.

Je tournais en rond. Tout cet espace nouvellement libre dans le local me faisait peur. Il y en avait trop depuis que ma contrebasse était partie. Je savais quoi faire, il suffisait d'aménager l'espace pour me fabriquer un simili-bureau de travail. L'idée était de me mettre à écrire un roman pour occuper mon temps libre. J'ai ouvert la porte menant à la cuisine et j'ai pénétré dans l'appartement silencieux. Je voulais me prendre une chaise de la table de la salle à manger pour être plus à l'aise que sur le tabouret de pratique. Du salon, Margot m'a fusillé du regard – tiens, elle était revenue du travail –, mais j'ai fait comme si je n'avais rien vu. Johanie me tournait le dos, elle essorait de la salade à la main dans l'évier de la cuisine. Le ronronnement de l'eau coulant sur les feuilles de la salade était reposant – c'était peut-être la raison pour laquelle Margot ne m'avait pas encore sauté à la gorge. Pourquoi Johanie n'utilisait-elle pas l'essoreuse à salade ? Peut-être ne savait-elle pas que l'appareil dormait dans l'armoire juste au-dessus du robinet (j'étais le dernier à m'en être servi). Je me suis approché et je lui ai proposé de s'en servir en mimant le mouvement caractéristique de la corde, comme celui qu'on fait pour démarrer une bonne vieille tondeuse à essence – sans succès, on m'a complètement ignoré (dommage, une si belle imitation gaspillée). Je ne l'ai pas pris personnel et je me suis emparé de la chaise de trop autour de la table (il y en avait quatre et nous ne sommes que trois – et elles ne servent jamais toutes les quatre en même temps) pour me retirer ensuite dans mon local. Je me suis assis devant le bac en plastique sur lequel mon ordinateur portable était posé, ce serait mon bureau d'écrivain pour le moment.

Le lundi suivant, j'ai mis aux vidanges ma boîte de partitions, le colis, le lutrin et le tabouret. Ce dernier n'est pas resté plus de dix minutes sur le bord de la rue. Quelqu'un est venu le ramasser, un beau tabouret comme celui-là, on serait fou de le laisser aller pour rien. Les partitions et le lutrin ont été garrochés dans la benne et je n'ai jamais plus entendu parler du colis – tout un soulagement, je dois avouer. Après mûre réflexion, c'était la bonne chose à faire – se débarrasser de tout superflu, quelle délivrance !

Maintenant que je ne possédais plus de contrebasse, Margot, quand elle me croisait, me harcelait pour que je quitte l'appartement (non sans raison). Depuis mon congédiement, je ne gagnais plus d'argent et le loyer devait se payer quand même. Il ne me restait que les deux cent cinquante dollars en billets en poche et de minimes économies dans un compte épargne à très faible taux d'intérêt (chez Desjardins). Étrangement (pour Margot), Johanie a proposé de payer ma part en attendant que je me retrouve du travail, ce que Margot a catégoriquement refusé (mais ce n'était pas à elle de décider). C'est à ce moment-là que j'ai réalisé que Johanie était réellement amoureuse de moi, la coquine. Il y avait une fille qui souhaitait mon départ et une autre qui ne voulait pas me voir partir. Des tensions se créaient pendant que je m'efforçais bêtement d'écrire.

Johanie ne sortait que très rarement de l'appartement. Je n'avais pas encore compris ce qu'elle faisait pour gagner sa vie, mais elle possédait de l'argent. Elle passait beaucoup de temps assise devant la télévision dont le bruit en sourdine m'empêchait parfois de me concentrer. Je devais alors mettre de la musique dans mes écouteurs pour m'aider à travailler. Peut-être espérait-elle que je pointe le bout de mon nez plus souvent hors de mon local. C'était encore assez ambigu entre nous.

Même en prévoyant l'heure de mes sorties et en prenant mes précautions, il m'arrivait de croiser Margot dans la cuisine – il fallait bien que je me fasse à manger et c'était ce que je faisais quand elle est revenue du travail plus maussade que d'habitude. Aussitôt qu'elle est entrée dans la cuisine, ses yeux sont devenus rouges et elle s'est mise à crier dans ma direction. Il faut dire que si je l'évitais habilement depuis quelque temps, c'était justement pour éviter ce genre de scène. Elle criait une histoire incompréhensible – je venais de terminer ses céréales préférées (une connerie du genre). Soudainement, elle a lancé son casque de vélo dans ma direction, mais je me suis penché et il s'est cogné sur la porte de l'armoire à verres. Ça a tinté légèrement derrière la mélamine, mais rien n'indiquait que quelque chose s'était brisé. Elle n'en pouvait plus de me voir traîner chez nous – chez elle, si on se met de son point de vue. Elle hurlait encore, mais je n'entendais plus rien, c'était un flux continu de bêtises qui avaient eu le temps de macérer, et il n'était pas dans mon intérêt d'essayer de l'arrêter. Quand j'ai cru qu'elle avait enfin terminé, elle a foncé sur moi avec le poing droit dangereusement levé (elle est droitière). Tout se passait au ralenti, comme dans un rêve ou une mauvaise télésérie, et elle a donné un coup sur le bol de céréales que je tenais entre les mains. Il a été projeté dans les airs avant de s'écraser au sol avec fracas ; ça a fait un de ces gâchis. J'ai ensuite cru qu'elle allait tenter de me frapper en plein visage. Je suis resté droit debout, fier, surpris et compatissant (ça se bousculait tout autant à l'intérieur de moi). Elle a finalement baissé le poing pour s'effondrer en petit bonhomme sur une partie du plancher qui n'avait pas été souillée. Adossée à l'armoire où on rangeait les chaudrons, elle s'est mise à pleurer en implorant de l'aide : il fallait qu'on trouve une solution, marmonnait-elle entre deux sanglots, on ne pouvait plus rester elle et moi sous le même toit (pour une rare fois depuis longtemps, j'étais d'accord). Je me suis alors souvenu que j'avais eu une idée pour me débarrasser d'elle, mais ne voulant pas envenimer les choses, je ne la lui ai pas dite.

Pendant que Margot prenait une douche, Johanie a tout nettoyé. Il y avait des Lucky Charms mous et du lait coloré un peu partout. C'était dégueulasse. C'est ce moment que j'ai choisi pour annoncer à Johanie que j'écrivais un livre et qu'il était impossible pour moi de quitter définitivement l'appartement sans l'avoir terminé. Elle m'a répondu qu'elle comprenait parfaitement avant de m'assurer que ce n'était pas à moi de partir. Elle s'est relevée avec le porte-poussière débordant de trucs visqueux et elle s'est approchée de moi. À deux, on peut y arriver, m'a-t-elle dit avant d'embrasser mes lèvres qui ne s'y attendaient pas. Je me suis laissé faire, le plancher était collant, j'avais faim et la situation se dégradait, pendant que Margot prolongeait de beaucoup sa douche quotidienne.

Ce n'était peut-être pas à moi de partir, mais c'était moi qui égrenais lentement les heures enfermé dans mon local à écrire et à attendre que Margot s'absente pour sortir. Johanie venait me voir de plus en plus souvent, elle avait presque totalement abandonné la télévision. Notre histoire recommençait de plus belle.

J'ai pris mon courage à deux mains et j'ai fait part de mon plan à Johanie. Elle a ri. J'étais sérieux, mais je pense qu'elle ne me croyait pas capable de le mettre à exécution. Il fallait seulement trafiquer les freins du vélo de Margot ; je ne voulais pas qu'elle se blesse, seulement ne plus la revoir. Je savais que son trajet quotidien comportait une zone assez dangereuse qui longeait le fleuve. Avec la neige sur la chaussée, si sa vitesse de croisière était trop grande, elle pouvait facilement passer par-dessus la rampe de sécurité et tomber dans l'eau. Les freins sectionnés permettraient de donner cette vitesse excessive nécessaire au bon déroulement du plan. Pour mettre toutes les chances de mon côté, je pourrais tenter de l'appeler au même moment (je savais qu'elle répondait au cellulaire en conduisant, ce serait une chance supplémentaire).

La nuit dernière, j'ai rêvé que le plan réussissait : j'ai vu le vélo tordu coincé dans une rampe en métal et une tache informe tanguer à la surface de l'eau. Sous le choc de l'accident, Margot flottait, reprenait ses esprits et nageait finalement jusqu'à la berge, décidait de tout quitter dans un éclair de lucidité et partait sans donner de nouvelles. Il est important de préciser à nouveau que je ne voulais en aucun cas la blesser, seulement lui faire comprendre de ne plus jamais revenir à l'appartement.

Au fil des jours qui ont suivi l'évocation de mon plan, j'ai compris ce que Johanie faisait réellement dans la vie (il faut dire que je n'avais pas été très attentif ces derniers temps). Elle était artiste peintre professionnelle et créait des toiles sur commande pour différents types de clients (très lucratif, à ce qu'elle m'a dit). Dans un coin du salon, un chevalet en bois venait d'être installé. Désormais, chaque fois que je quittais mon repère, je remarquais que les toiles étaient rarement les mêmes, elles changeaient au même rythme que mon livre avançait. Un jour, j'ai vu qu'elle avait peint mon plan pour me débarrasser de Margot (on aurait dit une représentation de mon rêve !). C'est là que j'ai su que ce qui se passait entre elle et moi pouvait être de l'amour véritable. J'ai demandé à Johanie pourquoi elle avait décidé de peindre mon plan et elle m'a avoué que c'était ce qui lui avait redonné l'inspiration. Le soir même, une couche de peinture rouge avait été ajoutée, on ne voyait plus rien de l'accident de vélo que je souhaitais à Margot (et heureusement pour elle, la surprise n'aurait pas été la même). La couche de peinture prédisait peut-être que mon plan avait des chances de fonctionner.

Lors de la nuit suivante, je suis sorti par-derrière et j'ai fait le tour de l'appartement en passant par la ruelle déneigée. Le vélo de Margot était là, enchaîné à la rampe de la galerie du rez-de-chaussée – tout près du mien. J'ai sorti la paire de cisailles de mon manteau et j'ai sectionné le câble du frein avant, puis celui du frein arrière. Je me suis assuré que l'opération ne se voyait pas au premier coup d'œil et je suis revenu par-derrière, satisfait de mon bon travail. Pour la première fois depuis que je couchais dans un sleeping à même le sol du débarras, j'ai dormi comme un bébé – et j'ai passé tout droit le lendemain matin. Je n'ai pas pu essayer de l'appeler pendant son trajet.

Margot est partie travailler. Margot est revenue du travail. Elle avait simplement emprunté mon vélo. Elle n'a jamais mentionné que ses freins avaient été coupés durant la nuit.

Avant que cette histoire n'aille trop loin et que les choses finissent par mal tourner, Johanie et moi avons voulu organiser une rencontre d'intervention. L'idée était simple, son exécution peut-être un peu moins ; il fallait informer Margot que c'était à elle de partir.

Le lendemain soir, Johanie et moi avons commencé à cuisiner le souper pour que tout soit prêt au retour du travail de Margot. Johanie essorait de la salade dans l'essoreuse à salade (je la lui avais sortie pour qu'elle s'en serve) quand la porte d'entrée s'est ouverte. Mon ex est arrivée dans la cuisine accompagnée d'un courant d'air froid. Cette fois, il n'y avait pas de chandelles sur la table, mais trois couverts. Je crois qu'elle se doutait de ce qui allait se passer, ce n'était pas une grande surprise (elle n'avait vraiment plus rien à faire ici).

Voilà le plan de match qu'on avait établi : pendant que Johanie inviterait Margot à s'asseoir en lui versant un verre de vin, je n'aurais qu'à préparer et à servir les assiettes – si je savais me faire tout petit, tout irait bien. Or, Margot n'a pas voulu prendre place autour de la table, mais bien en dessous, en la soulevant de toutes ses forces, renversant la nourriture et la vaisselle qu'il y avait dessus. Sur le prélart, les boulettes de viande et de riz se faisaient un chemin dans la sauce tomate entre les éclats de verre et les assiettes incassables cassées (le sol n'a pas la vie facile par les temps qui courent). Johanie avait beau lever le ton pour dire à Margot que ce n'était pas des manières, ça restait sa manière bien à elle de gérer les choses et d'accueillir la mauvaise nouvelle (tout dépend du point de vue) que Johanie et moi étions amoureux et qu'elle devait bientôt quitter les lieux.

Margot a fini par se calmer et, m'imposant de sortir de la pièce, elle est arrivée à trouver un arrangement avec Johanie (qui a de l'argent). Après avoir mangé seul dans le débarras, j'ai nettoyé le bordel pendant que Johanie décompressait dans le fauteuil du salon et que Margot faisait ses valises avec philosophie dans la chambre à l'avant. Elle ne possédait pas beaucoup de choses aussi a-t-elle réussi à tout caser dans six sacs réutilisables bien pleins. Dès le lendemain matin, sa mère est venue la chercher – et n'a pas regardé une seule seconde dans ma direction (bye bye belle-maman). J'avais le sourire aux lèvres pour la première fois depuis longtemps ; c'en était fini de la musique et de Margot, un nouveau chapitre de ma vie pouvait enfin débuter. Je réintégrerais ma chambre à coucher et reprendrais une vie normale aux côtés de celle qui fut un temps l'amante de mon ex (rien que ça, en bref).

Troisième partie

Dans les jours qui ont suivi, j'ai graduellement transféré mes affaires dans l'appartement. Il ne me restait plus rien de mon ancienne vie de musicien – j'avais même fini par mettre le miroir dans lequel je me regardais pratiquer au bord du chemin. Joanie avait converti la chambre supplémentaire en atelier et j'avais installé mes affaires sur le bureau de la cuisine pour commencer à y écrire plus sérieusement. Pour le moment, Joanie paierait le loyer seule, mais ça lui convenait ; elle disposait de beaucoup d'espace pour peindre et entreposer ses toiles.

Je passais le plus clair de mon temps à écrire mon livre, l'histoire absurde d'un triangle amoureux qui tourne mal ; ça avançait plutôt bien. Joanie peignait beaucoup, elle avait retrouvé l'inspiration (en art, c'est souvent tout ou rien). D'ailleurs, son talent, c'était du sérieux. De temps en temps, on sonnait à la porte. Même si je devais traverser l'appartement au grand complet, c'était mon rôle d'aller répondre – il ne fallait pas que Joanie soit déconcentrée en plein élan créateur. C'étaient souvent des collectionneurs d'art qui venaient discuter affaires avec l'artiste peintre récemment remise au travail. Je les saluais poliment et me retirais presque aussitôt, j'étais toujours mal à l'aise en leur présence. Une fois, on a sonné et c'était pour moi ; le facteur m'a présenté une lettre recommandée de la part de Revenu Québec. Elle était à mon nom et j'ai dû signer pour accuser sa réception. J'ai ensuite lu la lettre avec ennui, j'ai rempli le formulaire qui y était joint et je suis sorti pour le mettre immédiatement à la poste – c'était un dernier avis, rien de trop grave.

(Curieusement, c'est seulement quelques jours après le départ de Margot que Joanie m'a informé qu'il n'y avait pas de lettre H dans son prénom.)

Un matin, je me suis réveillé vers dix heures. Joanie était déjà partie faire des commissions, elle devait acheter de nouveaux tubes de peinture, et le chat dormait dans le salon – tiens, il y avait longtemps que je ne l'avais pas vu celui-là. Quand j'ai voulu faire du café, j'ai remarqué que les filtres n'étaient plus rangés au même endroit que la veille et ça m'a fait chier. J'en ai installé un avant de le remplir de café moulu et de démarrer la machine. Ensuite, j'ai rangé les filtres au bon endroit (ça reste apparemment relatif) et je me suis raisonné ; c'était con de se fâcher pour une futilité pareille, il ne fallait pas gâcher ma journée avec ça. Je me suis recentré sur moi-même et j'ai allumé la télévision pour me donner l'impression de ne pas être seul. J'ai commencé à faire la vaisselle. Il y en avait beaucoup parce que j'avais été paresseux durant la semaine et que c'était ma corvée à moi et à moi seul. Joanie ne devait surtout pas risquer de se blesser avec un couteau ou une brèche dans la porcelaine d'une assiette. Elle s'occupait plutôt du lavage, une tâche tranquille et sans danger. Le reste des corvées ménagères étaient distribuées plus ou moins équitablement au fur et à mesure que les jours avançaient, mais il était rare que l'un de nous en fasse réellement plus que l'autre (pour l'instant). Le café était prêt depuis une quinzaine de minutes quand j'ai terminé de laver le dernier verre. Je pouvais maintenant aller travailler sur mon texte qui commençait à prendre forme petit à petit.

Quand elle est revenue du magasin de peinture, Joanie avait les bras chargés. Elle a déposé ses sacs et ses toiles vierges dans l'autre chambre, son atelier, dans un fracas de tubes divers. Je suis allé la voir – il me prenait parfois cette envie quand il y avait quelques heures que je ne l'avais pas vue (comme pour m'assurer qu'elle existait encore bel et bien). Elle avait l'air fâchée. Pourquoi est-ce que tu n'as pas répondu au téléphone quand j'ai essayé de t'appeler ?, m'a-t-elle demandé brusquement, je tombais toujours sur ta boîte vocale. Je n'avais pas entendu la sonnerie de mon téléphone cellulaire – j'ai regardé sur l'écran : il n'avait pas sonné. Elle a poursuivi : j'avais vraiment besoin de savoir s'il me restait du vert smaragdin et je reviens et il ne m'en reste plus, ça fait chier. Je ne connaissais pas cette couleur précise. Je lui ai suggéré, selon les notions de base que je possédais en arts plastiques, de mélanger du bleu avec du jaune. Ce n'était pas drôle, elle devait repartir au magasin, ce vert smaragdin était particulièrement important pour une commande d'un client. Je lui ai assuré que j'aurais mon téléphone à portée de main durant son absence (au cas où), mais que les ondes dans l'appartement étant mauvaises, il valait peut-être mieux m'envoyer un message texte pour toute urgence relative à ses achats verdâtres. Elle m'a embrassé avant de partir à nouveau – ce n'était tout de même pas de ma faute si elle n'avait pas vérifié l'état de ses stocks avant d'aller magasiner – et elle a refermé la porte derrière elle. J'ai pu replonger dans mon écriture.

Cependant, assis devant l'écran de l'ordinateur, je n'arrivais plus à taper quoi que ce soit. L'épisode qui venait de se passer avait nui gravement à ma concentration. J'ai alors eu l'idée et l'envie d'écouter la musique du compositeur estonien Arvo Pärt. Il y avait longtemps que je n'en avais pas écouté et je savais que ça m'aiderait à retrouver ma créativité à court terme. Ça a eu l'effet escompté pendant un certain temps, jusqu'au moment où j'ai lâchement cédé à l'invisible tentation planant au-dessus de moi : regarder un peu de porno. Ça ne durait jamais bien longtemps, entre dix et quinze minutes (allez hop !), mais c'était tout juste assez pour me faire perdre le fil de ce que j'étais en train d'écrire. Il était toujours difficile de revenir dans le texte après ce genre de distraction, mais je ne pouvais pas m'empêcher de le faire une ou deux fois pendant une journée complète d'écriture – sans me faire prendre, bien entendu. Tout ça pour dire que lorsque j'ai remis la pièce qui jouait avant que je ne mette fin à mes impulsions, j'ai ressenti quelque chose d'apaisant, un relâchement au niveau des muscles de mes épaules. C'en était presque spirituel que d'entendre ces arpèges découpés au piano (la pièce *Für Alina*). De temps en temps, j'ai pensé, il serait bien que j'arrive à découper les mots de la même manière, sans avoir à passer par des séances de relaxation imposées par mon cerveau paresseux et pervers à ses heures. Joanie est entrée à ce moment-là : je jetais mon mouchoir dans la toilette. Elle s'est immédiatement dirigée dans son atelier d'où elle a crié : c'est moi ! (ce que je savais déjà). Et j'ai répondu : allo ! (de la salle de bain, en tirant la chasse).

J'allais me remettre à travailler quand une alarme a retenti sur mon cellulaire. Je m'étais mis un rappel pour communiquer avec Revenu Québec aujourd'hui ; il était de ma responsabilité de vérifier qu'ils avaient reçu et traité mon formulaire d'inscription de compte bancaire pour les prélèvements pré-autorisés (je leur devais quelques dollars, on ne plaisantait plus). Je me suis rapproché de la fenêtre pour permettre aux ondes de mieux passer. La musique de mise en attente était répétitive et pénible ; bien vite quinze minutes s'étaient écoulées sans que j'aie encore parlé à qui que ce soit. Le petit loop instrumental d'environ vingt secondes me rendait fou – je l'avais entendu au moins quarante-cinq fois. C'est là que j'ai su qu'il fallait que je trouve un moyen de rajouter ce passage à mon livre. Les mots venaient et se plaçaient dans ma tête. J'ai fermé les yeux ; ils dansaient ensemble, se prenaient par la main et formaient un texte que je ne voulais surtout pas oublier. J'ai pris un stylo et un post-it, mais une dame dont le nom m'a été incompréhensible a enfin décroché la ligne. Surpris et déçu à la fois, j'ai raccroché impulsivement et les mots sont partis. J'avais donc perdu mon temps et le passage. J'ai alors dû recommencer le processus d'attente interminable pour apprendre que oui, l'inscription de mon compte bancaire avait bel et bien été effectuée – le premier prélèvement serait soutiré de mon compte d'ici trois à cinq jours ouvrables (oui monsieur, ne vous inquiétez pas).

On ne parlait plus de Margot.

La toile sur laquelle Joanie travaillait actuellement était verte. Plusieurs types de verts se chevauchaient en taches de dimensions et de formes variables. Sans surprise, le vert smaragdin y était prédominant (la moindre des choses). L'artiste ne comptait pas les heures passées dans l'atelier – elle en avait maintenant complètement terminé avec la télévision (et avec le ménage, j'en faisais beaucoup plus qu'avant). Pour ma part, j'écrivais sérieusement, et mon histoire devenait meilleure de jour en jour. Même si mon livre n'était pas encore terminé, je prévoyais me mettre bientôt en quête d'un éditeur – publier était un de mes plus grands rêves depuis que j'avais abandonné la musique.

Un matin, Joanie est venue me voir dans la cuisine où j'écrivais. Aujourd'hui, a-t-elle dit, j'attends la visite d'un important couple de collectionneurs. C'est eux qui m'ont commandé la toile verte (smaragdin) et ils veulent venir voir où ça en est rendu. En même temps, je voudrais les recevoir à souper. Est-ce que tu peux t'occuper de préparer le repas ? Ah ! et il faudrait que tu ailles acheter du vin. Et force-toi pour t'habiller convenablement aussi ; quelque chose de simple, mais qui fait propre (et la lune peut-être ?, j'ai pensé méchamment.) Je la regardais en essayant de noter mentalement tout ce que j'avais à faire dans l'après-midi. Et c'est sale aussi, a-t-elle repris, l'appartement est sale, il faudrait au moins passer le balai et épousseter avant leur arrivée. Elle a tourné les talons et est aussitôt repartie dans l'atelier. Je me suis préparé sans dire un mot et suis sorti pour faire les commissions nécessaires au bon fonctionnement de notre ménage (elle payait encore ma part du loyer).

J'ai décidé d'y aller à pied. La SAQ n'était pas loin, l'épicerie non plus. Marcher et respirer un peu d'air me ferait du bien. Surtout que quelque chose m'avait donné mal à la tête.

À la Société des alcools, je ne savais pas quoi prendre. C'était difficile de choisir sans connaître les goûts des invités. De plus, je ne me souviens jamais des noms des vins que j'aime. Deux employés discutaient de leur fin de semaine respective au comptoir d'information, je ne voulais pas les déranger (surtout qu'ils étaient en pleine période de négociation syndicale). Je me suis dirigé au fond, dans la rangée des vins espagnols, portugais et chiliens, et j'ai commencé à examiner attentivement les étiquettes en espérant en retrouver certaines que je connaissais (j'ai une bonne mémoire visuelle). J'ai fini par prendre deux bouteilles de rouge et deux autres de blanc. En retraversant la succursale, je me suis laissé tenter par un whisky pas trop cher que je connaissais bien. De toute la durée de la transaction, la caissière ne m'a pas regardé. Assise sur son banc, elle racontait à son collègue qu'elle devait manger trente minutes plus tôt que d'habitude – un employé n'était pas rentré ce matin (on travaille très fort par ici) – et elle ne m'a pas entendu quand je lui ai demandé d'ajouter un sac réutilisable à la facture. Je n'avais rien pour transporter mes bouteilles et j'ai donc dû demander une boîte en carton à un autre employé qui traînait près de la sortie. Il m'en a apporté une aux dimensions démesurées pour mes achats. J'ai quitté la succursale en faisant tinter mes bouteilles jusqu'à ce que je trouve l'angle parfait pour qu'elles ne s'entrechoquent plus. Je suis retourné à l'appartement pour déposer la boîte dans l'entrée avant de repartir pour aller à l'épicerie.

À l'épicerie, je ne savais pas quoi acheter. Fallait-il que le souper soit exceptionnel ? – qu'est-ce que ça mange en hiver, des collectionneurs d'art contemporain ? Je déambulais devant les étalages de légumes, je prenais un céleri et le considérais, mais le déposais aussitôt pour prendre une courge, même histoire. Rien ne m'inspirait. Chose certaine, je ne voulais pas appeler Joanie pour lui demander des idées. La déranger dans son travail par une journée aussi stressante était la dernière chose à faire. J'ai pris une pomme de terre et j'ai fermé les yeux. Je me suis mis à visualiser le moment où je l'éplucherais, si je finissais par l'acheter. J'ai alors eu mon idée pour le souper. Quand j'ai ouvert les yeux, un commis des fruits et légumes me regardait par-dessus le comptoir des oignons. J'avais l'air d'être en symbiose avec la patate. Je l'ai ignoré et j'ai pris un sac de dix livres sous mon bras ; je ferais ma recette de côtelettes de porc sur patates tranchées avec une sauce aux champignons. J'ai également choisi un beau pain frais et un pot d'olives farcies à l'ail, mes préférées. La caissière m'a annoncé bêtement qu'ils ne donnaient plus de sacs et qu'il fallait que je paie vingt sous pour en obtenir un en plastique épais, mais recyclable. J'ai refusé et j'ai empilé mes achats sur le sac de pommes de terre. Je suis reparti avec mes emplettes en équilibre, j'ai simplement marché un peu plus lentement.

Une surprise de taille m'attendait à mon retour. Joanie avait vraisemblablement renversé de la peinture vert smaragdin sur le plancher du salon. Elle n'avait pas l'air dans son assiette, elle gisait dans le fauteuil à côté de la tache. Pourquoi n'était-elle plus dans son atelier ? Qu'est-ce qui s'était passé ? Je ne voulais même pas le lui demander. J'ai pensé faire ma recette de côtelettes de porc sur patates tranchées avec une sauce aux champignons, ai-je dit en déposant mes achats sur la table de la cuisine. Aucune réaction – ce devait être parfait. Elle fixait la peinture encore luisante – ça n'avait pas eu le temps de sécher. Pour l'instant, je faisais comme si je n'avais rien vu, mais ça ne pourrait pas durer longtemps. Ils ne viennent plus, annonça-t-elle sur un ton terne. Eh merde, ai-je pensé tout haut.

En effet, ils ne venaient plus aujourd'hui, mais demain. C'est ce qui avait déclenché sa colère (démesurée selon moi), moi ça faisait bien mon affaire. Suivant ma suggestion, Joanie était sortie prendre une marche pour décompresser. En ce qui me concernait, les commissions étant faites pour le souper du lendemain, je pouvais retourner à mon livre. Le reste de la journée passa en un coup de vent. À l'heure du coucher, je suis repassé par le salon, rien n'avait été nettoyé. Je me suis fait couler un verre d'eau dans la cuisine et j'ai été toucher la texture de la peinture vert smaragdin du bout de l'orteil : molle, mais presque sèche par endroit (de l'acrylique ; ça partirait avec un peu d'eau et du frottage sincère).

De nous deux, c'est moi qui me suis réveillé le premier, assez tôt d'ailleurs. En me dirigeant vers la salle de bain, j'ai vu que la porte de l'atelier de Joanie était ouverte (pour une rare fois). J'ai jeté un coup d'œil et j'ai remarqué qu'il y manquait certaines choses ; il me semblait que plusieurs toiles ainsi que des pots de peinture avaient disparu depuis la dernière fois que j'avais été faire un tour dans ses affaires. Intrigué, j'ai rapidement traversé l'appartement, sans trop faire de bruit, et j'ai découvert les accessoires disparus derrière la porte du débarras. Joanie s'était servie de l'espace libéré il y a quelque temps déjà pour entreposer du matériel de peinture. J'ai refermé derrière moi et j'ai été faire du café – tout en restant songeur.

Faire du café filtre n'est pas difficile. Or, sans trop savoir pourquoi, j'ai raté ma première carafe (mauvais dosage de l'eau ou du café moulu ?). (Manque de volonté ? Préoccupations sérieuses ? Distraction externe ? Sabotage ?!?)

Joanie est arrivée dépeignée dans le salon. Elle a regardé l'état de la tache de peinture. Que le chat n'ait pas répandu des traces de pattes vert smaragdin dans le couloir pendant la nuit tenait du miracle. Elle s'est versé une tasse de café en silence, j'écrivais encore à l'ordinateur du bureau dans la cuisine. Elle est demeurée assise cinq ou six minutes dans le fauteuil du salon avant de se lever et de s'emparer du rouleau d'essuie-tout. Elle essayait de déloger la tache, mais elle était tenace et ne voulait pas partir aussi facilement. Au bout d'un moment, elle s'est laissée choir sur le sol et a commencé à pleurer à chaudes larmes. Je voulais la consoler, mais elle me repoussait. Je revenais aussitôt à la charge – ma présence tâchait de s'étendre autour d'elle comme la peinture sur le sol. Finalement, elle s'est laissée prendre dans mes bras. Mon chandail se mouillait sur l'épaule droite et je ne comprenais pas pourquoi elle pleurait autant. Je lui ai suggéré de prendre une douche, ça lui ferait peut-être du bien. Elle a approuvé d'un hochement de tête, m'a donné un bisou sur le front et, sans rien dire, est allée sous la douche. Son café refroidissait et je restais assis par terre près de la tache.

Elle est finalement sortie de la salle de bain avec le sourire fendu jusqu'aux oreilles. C'était à n'y rien comprendre. Elle restait plantée là, dans la jonction du couloir qui sépare les chambres et le salon, à me regarder nettoyer le dégât. Après avoir gaspillé la moitié du rouleau d'essuie-tout, et plusieurs millilitres de Hertel aux agrumes, j'étais venu à bout de la peinture. Joanie s'est avancée, m'a remercié aussi chaudement qu'elle avait pleuré – et a bu une gorgée de son breuvage rendu froid. Je m'excuse, m'a-t-elle dit finalement. Et ça, je le pressentais, ça n'annonçait rien de bon pour la suite des choses.

Joanie a passé le reste de l'avant-midi enfermée dans son atelier à peaufiner sa toile. D'ailleurs, je n'ai jamais su comment la peinture verte avait bien pu atterrir dans le salon. À deux reprises, j'ai essayé de lui adresser la parole, je ne cherchais qu'un peu d'attention, je n'aimais pas laisser des choses en suspens, mais elle n'avait pas de temps pour moi, c'est ce qu'elle me répondait, sa toile devait avancer le plus possible pour la visite des collectionneurs (sa crise lui avait fait prendre du retard). Je la sentais anxieuse. Elle me faisait beaucoup penser à moi du temps où je devais pratiquer mes morceaux et que Margot n'obtenait pas l'attention voulue de ma part – c'était quelque temps avant que je commence à transférer mes choses dans la pièce à débarras et qu'on se sépare (comme le temps file !).

Tout ce stress avait ses répercussions en moi également. Je ne parvenais pas à écrire une seule ligne. Je devais faire autre chose, mais quoi ? Rien d'ambitieux. À la télévision, une jeune femme décrivait une maison – ce genre d'émission où un jeune couple cherche et trouve une première propriété qui convient à leur budget et à leurs critères souvent pointus. La maison visitée comportait trois chambres à coucher fermées, une énorme cuisine moderne ainsi qu'une aire ouverte englobant le salon et la salle à manger – tous des critères respectés. La voix off féminine présenta le jeune couple en recherche comme étant Jacob et Margot. J'ai immédiatement changé de poste. Qu'ils trouvent ou non où rester jusqu'à leur divorce éventuel, je m'en foutais pas mal finalement. Je parcourais les chaînes, mais il n'y avait rien qui attirait mon attention. Malheureusement pour moi, il était trop tôt pour commencer les préparatifs du souper (la seule tâche que ça ne me dérangeait pas de faire). Il était sûrement midi quelque part dans le monde, me suis-je dit, et je me suis servi un verre (un petit whisky, juste un).

L'alcool m'a revigoré et donné de la motivation. En début d'après-midi, j'ai passé un coup de balai à la grandeur de l'appartement (sauf dans l'atelier de Joanie). Ensuite, j'ai été me laver, il fallait que je sois propre. Même si Joanie ne m'en avait pas parlé, j'ai pensé que ce serait une bonne idée de me raser la barbe. Je ne me souvenais pas de la dernière fois que je l'avais fait et elle me fatiguait. Dans un premier temps, j'ai taillé les poils de ma barbe à grands coups de ciseaux. Ensuite, j'ai raccourci mes cheveux avec un rasoir électrique – je me raserais également la tête. Dans un troisième temps, je me suis emparé d'un rasoir à lames pour exécuter le reste du travail. Même si je me souvenais parfaitement comment faire, avec le mélange d'alcool et l'excitation, je devais faire preuve de prudence. La mousse était froide sur mon crâne, un peu moins sur les joues. Je taillais à petits coups les cheveux et les poils. Après avoir réussi le contour des oreilles sans me couper, j'ai commencé à mieux respirer. J'ai rincé ma tête sous le robinet du bain et suis revenu devant le miroir. J'y voyais un tout nouvel homme (ou presque).

J'en étais déjà rendu à mon troisième verre et la préparation du souper n'était pas encore entamée. Il arrivait quatre heures, rien ne pressait, mais je devais commencer à faire quelque chose. J'ai donc épousseté un peu partout (sauf dans l'atelier). C'était très poussiéreux. Ensuite, je me suis attaqué tant bien que mal à l'ouverture du sac de patates avec la cordelette. C'était pénible, ça ne fonctionnait pas. Par curiosité, j'ai regardé un vidéo tutoriel sur l'ordinateur qui m'expliquait comment faire ; je comprenais la méthode, j'avais la bonne manière, mais le sac ne voulait rien savoir. Avant qu'il ne soit trop tard, j'ai ouvert le sac avec une paire de ciseaux. Ensuite, j'ai épluché les pommes de terre et les ai coupées en tranches – c'était ce qu'il y avait de plus long dans la préparation de mon souper. Joanie est apparue dans la cuisine. Elle a vu que je m'étais rasé de près (je crois qu'elle aimait bien) et elle m'a demandé le plus sérieusement du monde si je m'étais fait la même coupe qu'à mes patates. Je ne savais pas si c'était une blague (ce n'était pas dans ses habitudes d'en faire des aussi drôles), mais j'ai ri. En s'approchant de moi, elle a posé une main sur mon entrejambe (est-ce que j'étais sale ?). Elle m'a embrassé dans le cou et m'a murmuré qu'elle me trouvait sexy (je crois qu'elle avait fini sa toile).

Après avoir fait l'amour dans la chambre à coucher, il fallait qu'on se prépare. Il était presque cinq heures et nos invités allaient se présenter d'une minute à l'autre. Joanie s'est mise belle ; une robe simple et noire, un maquillage sobre et ses cheveux en chignon. J'ai opté pour une chemise ajustée bleu marine et un pantalon gris qu'elle a approuvés d'un clin d'œil. En retournant dans le salon, j'ai suggéré de laisser la porte de notre chambre fermée, une forte odeur de sexe y planait depuis nos ébats.

La sonnette de l'entrée a retenti dans tout l'appartement alors que Joanie essorait la salade à l'aide de l'essoreuse à salade. Ayant les mains moins occupées (je coupais le pain, mais bon), c'est moi qui suis allé répondre.

Marc et Denise, le couple de collectionneurs, avaient plutôt l'air déçus. Je crois qu'ils ne s'attendaient pas à se faire ouvrir la porte par moi. Joanie ne les avait apparemment pas prévenus de ma présence au souper, aussi, ils sont restés froids avec moi pendant un certain temps. Je leur ai offert d'aller porter leurs manteaux sur le lit de la chambre. Sans plus attendre, le chat s'est vautré dans les vêtements et a fait un tunnel entre les épaisses couches de poils drus et bruns des fourrures animales (vraies ou fausses, je ne saurais dire). À mon retour dans la cuisine, Joanie avait déjà servi le vin blanc – qu'ils n'aimaient pas, on le voyait sur les traits tendus de leur visage. Ils ont trinqué tous les trois, personne n'avait remarqué mon retour parmi eux.

Il ne me restait plus qu'à enfourner mon plat. J'ai tiré une bonne longueur de papier d'aluminium, assez, selon moi, pour couvrir le plat en Pyrex. Je n'y allais pas doucement – il faut dire que j'étais légèrement vexé. J'avais mal vu, la feuille était trop courte, ne recouvrait pas en totalité la superficie du plat. J'en ai tiré une deuxième, qui s'est déchirée à mi-chemin (marque maison). Une troisième, donc, tout en souriant poliment, je dérangeais probablement. Trop longue la feuille (coudonc !) Une quatrième. Je riais à l'intérieur alors qu'on me fixait comme si je venais de commettre un meurtre ou autre chose du genre. Finalement, elle n'était ni trop longue ni trop courte, une feuille d'aluminium parfaite pour recouvrir mon plat (de côtelettes de porc sur pommes de terre en tranches avec une sauce aux champignons). Pendant que le trio se dirigeait vers l'atelier de Joanie, j'ai enfourné le repas pour quarante-cinq minutes.

La voix grave de Marc résonnait sourdement dans le couloir. J'avais du mal à comprendre ce qu'il racontait, je ne captais que certains bouts qui, je l'espérais sans grandes craintes, ne me concernaient pas. Quand Denise s'est jointe à la conversation, d'une voix aiguë et nasillarde, j'ai réussi à comprendre en grande partie ce qu'elle racontait : elle faisait l'analyse de la toile qu'ils étaient venus observer. Non mais tu te rends-tu compte Marc, a-t-elle dit à la terre entière, à quel point ce vert smaragdin est magnifique ! Les gens vont regarder l'œuvre dans notre salon et s'exclamer : mais quelle couleur formidable ! et je dirai fièrement, c'est ma couleur préférée, vert SMARAGDIN ! Il était mieux de s'en rendre compte me suis-je dit à moi-même tandis que la dernière syllabe de Denise résonnait encore dans mes oreilles et que je repensais à tout le trouble que cette couleur avait occasionné.

Une fois revenus dans la cuisine, ils se sont assis autour de la table et ils se sont mis à discuter ; ils essayaient de se mettre d'accord sur le prix final de l'œuvre d'art. La fourchette était impressionnante : entre dix et douze mille dollars. Je leur ai servi du vin – le rouge n'a pas fait grimacer – et j'ai regardé derrière la vitre du four : le papier d'aluminium était encore bien en place. Finalement, j'aimais bien me faire tout petit. Je me suis assis avec eux mais sans eux alors qu'il restait une vingtaine de minutes de cuisson. Je sirotais mon whisky – un autre – à petites gorgées. J'ai appris que le couple possédait une galerie d'art au centre-ville de Québec et une autre dans le Vieux-Port de Montréal. Le trio planifiait maintenant une éventuelle exposition à l'une ou l'autre des galeries – mais on demeurait à Montréal, c'était plus simple pour tout le monde. Je ne savais pas s'ils s'étaient entendus sur le prix de la toile de

Joanie, j'avais manqué un bout de la conversation en préparant mon verre.

Je remplissais les assiettes de pommes de terre, de côtelettes et de sauce aux champignons (dans cet ordre), puis les distribuais à Joanie. Elle complétait le service en y déposant la salade – et quelle salade ! (de celles qui peuvent changer une vie).

De tout le souper, on ne m'a pas adressé la parole une seule fois. On n'a pas parlé du repas ni du choix de vin. Aucun remerciement, aucun geste de reconnaissance à mon égard. Rien. Je n'étais personne – je n'avais pas pensé au dessert.

Joanie m'a finalement mandaté pour préparer du café pendant que Marc sortait un contrat de son portfolio, une valise brune, vieille et assez moche. Joanie s'est mise à le lire attentivement. Le silence qui a suivi a été ponctué des bruits du moulin à café et de la cuillère en métal remplissant le filtre. Je ne disais pas un mot. À un moment, Denise s'est tournée vers moi et a ouvert la bouche comme si elle voulait me demander quelque chose, mais rien n'est sorti. Elle a baissé la main et a dirigé son regard sur son mari – ils étaient mariés, ça se voyait – et j'ai su alors pourquoi ils m'ignoraient à ce point : c'étaient l'oncle et la tante de Margot (quelle merde, je ne m'en étais même pas rendu compte avant maintenant). Je ne les avais rencontrés qu'une seule fois, à un Noël que j'avais presque oublié mais dont certains évènements me revenaient maintenant. On y avait beaucoup trop bu, Margot avait fait une de ses fameuses scènes et j'étais sorti courir dans la neige en pleurant (de beaux souvenirs, d'autant plus que c'était dans un chalet à la campagne). Bref. Étant donné que j'étais fraîchement rasé, ils avaient peut-être eu du mal à me reconnaître, mais d'un autre côté, Margot les avait assurément prévenus de ma présence ici. Joanie a enfin terminé de lire le contrat et m'a demandé un stylo pour apposer sa signature tout en bas de la feuille qui lui garantissait – j'avais entendu depuis – onze mille dollars pour la toile vert smaragdin.

Personne, mis à part moi, n'a pris de café, et c'est peu dire : le couple prenait ses dispositions pour partir pendant que je me versais une tasse.

Le chat est passé tout près de moi, frôlant mes jambes. On l'avait forcé à quitter le doux confort des manteaux. J'ai alors entendu un cri aigu provenant de la chambre à l'avant : François (le chat, qui d'autre ici présent ?) avait uriné dans le tas formé des manteaux des invités. Ça ne me faisait ni chaud ni froid, mais il fallait régler la situation. Je les ai rejoints et j'ai proposé de payer pour le nettoyage des vêtements souillés, mais on a refusé mon offre. Ce n'était finalement pas très grave : un si bel animal doit pouvoir être pardonné, a dit Denise avec sagesse (ça avait quand même un peu été le chat de sa nièce pendant quelque temps). Marc est sorti chercher l'automobile, histoire de ne pas trop faire marcher sa femme sans manteau par cette température. Denise en a profité pour discuter d'une dernière affaire avec Joanie – ça ne me regardait toujours pas.

De la part de Joanie, j'ai eu droit à un sermon d'une platitude exemplaire sur mon chat. Cette fois, le café était parfait.

Joanie voulait aller déposer le chèque immédiatement, elle avait réussi à l'avoir en avance (la toile allait rester ici le temps qu'elle sèche complètement). Pendant son absence, je m'étais attelé à débarrasser la table, à laver et à ranger la vaisselle, et je m'étais servi un autre verre. Quand elle est revenue, j'avais tout terminé depuis longtemps et je patientais dans le salon. Elle était de mauvaise humeur et je lui ai demandé si c'était encore cette histoire de pipi de chat (il fallait en revenir). Heureusement pour moi, Joanie avait dû faire pas moins de trois guichets Desjardins différents avant d'en trouver un qui n'était pas hors service. Voilà donc pourquoi ça lui avait pris autant de temps – et aussi changé les idées noires sur le sort de mon malheureux matou.

Quelques jours plus tard, Joanie se séparait enfin de sa toile vert smaragdin tandis que je terminais une première version de mon manuscrit et l'envoyais à quelques maisons d'édition pour tâter le pouls. Il ne manquait seulement que la fin, mais ils se feraient certainement une idée de l'histoire que je voulais raconter.

Quatrième partie

Peu après la vente de son œuvre, Joanie avait recommencé à regarder la télévision. Désormais, elle ne rangeait plus rien dans l'appartement, elle se laissait aller à la dérive en espérant que je repasse derrière elle pour tout ramasser et remettre en ordre les pièces (j'avais développé ce petit côté maniaque pour l'ordre et la propreté). Je savais que ses phases de création comportaient des hauts et des bas, mais c'était maintenant le niveau le plus bas que j'avais vu depuis qu'on vivait ensemble.

Je me suis assis à côté d'elle dans le salon. La télévision diffusait *The Price is Right*. L'émission était rendue au segment où les trois gagnants de la première partie tournent la roue pour obtenir le montant le plus près de cent. La première participante, une dame d'au moins cinquante balais, a faiblement fait tourner la roue. Elle a obtenu quatre-vingts, un bon score pour un premier tour, mais elle a décidé, à la surprise générale, de tourner encore pour se rapprocher davantage de cent – sachant que si le nombre cent est dépassé, on perd automatiquement. L'animateur n'en revenait pas : Quelle témérité ! a-t-il crié en anglais dans le micro. Quelle tristesse, oui, ai-je pensé. Elle a obtenu trente-cinq à son deuxième tour de roue ; c'était l'élimination sur-le-champ ; un acte stupide de sa part. Les deux autres participants riaient et se tapaient dans les mains de joie. Le deuxième participant a roulé quarante, puis quarante-cinq (un total de quatre-vingt-cinq, wow !) et le troisième trente et quinze, ce qui n'était pas assez (tu as perdu, à la prochaine). La deuxième moitié du programme a commencé avec un nouveau participant dévalant l'allée menant aux bornes à l'avant de la scène en dansant et en criant. Sans plus attendre, la top-modèle a présenté le produit dont il fallait deviner le prix : une montre assez laide d'une marque que je ne connaissais pas. Les quatre participants ont fait leurs paris à tour de rôle : le dernier venu l'a emporté avec deux cent soixante dollars. Il est monté sur la scène en criant (décidément) et a sauté dans les bras de l'animateur qui a failli en perdre son micro. Ils ont ensuite discuté un peu avant que l'animateur ordonne au rideau de se lever pour dévoiler le prochain prix. Le chanceux pouvait gagner une nouvelle automobile – s'il réussissait le jeu suivant : il devait mettre en ordre croissant le prix de cinq articles culinaires : un malaxeur sur pied en inox, une mijoteuse, un set de vaisselle incassable, un kit d'ustensiles à barbecue de luxe et une essoreuse à salade. Malheureusement pour lui, il inversa le kit d'ustensiles et l'essoreuse à salade (comme quoi il faut parfois s'en méfier).

Je me suis assis à mon bureau. De nouveaux messages étaient apparus dans ma boîte courriel. Seulement un a attiré mon attention : un éditeur voulait me rencontrer pour me parler de mon manuscrit, mais pas maintenant, bientôt, il me reviendrait là-dessus (quelle drôle de procédure – peut-être voulait-il simplement me laisser le temps de terminer mon livre). Puisque Joanie était totalement absorbée par le dernier jeu de l'émission, j'ai attendu que cette dernière se termine pour lui annoncer la nouvelle. Je lui ai appris ce que le courriel contenait et elle restait là sans rien dire, ne souriait même pas – elle semblait presque absente de la réalité.

Quelques jours ont passé sans que rien n'arrive. Joanie ne faisait qu'errer dans l'appartement pour finalement se rasseoir dans le salon. Je trouvais difficile de côtoyer son état végétatif. J'ai essayé de lui en parler, de lui présenter le problème tel qu'il était – j'étais fatigué de devoir tout faire –, mais elle m'a répondu qu'elle avait besoin de temps, que végéter faisait partie de son processus de création, qu'il lui arrivait toujours une rechute de ce genre après une grande période de production (bla-bla-bla). Je n'étais pas dupe ; elle repassait exactement par le même chemin qui l'avait menée à arriver de nulle part pour vivre avec Margot. J'ai serré les dents – elle pourvoyait encore à la plupart de mes besoins et elle m'aimait (?).

Assis seul sur le lit de la chambre, je méditais en regardant la neige fondre et ruisseler le long du trottoir. Un petit chien laid est arrivé pour faire ses besoins sur le tronc d'arbre coupé et laissé là par la Ville à l'automne dernier (un gros arbre mort, le plus grand arbre de la rue, avait été coupé puisqu'il était considéré comme dangereux. La Ville avait prévu enlever la souche dans les deux semaines suivant la coupe. C'était il y a plus de six mois.) Le maître a regardé dans ma direction comme s'il se sentait épié, a probablement entrevu ma silhouette dans le cadre de la fenêtre et a sorti un sac de plastique de sa poche pour ramasser le fruit de son amitié précieuse avec le petit animal. J'ai eu l'idée de suggérer à Joanie d'aller prendre l'air, ça nous ferait du bien à tous les deux nous promener par ce beau soleil. Le temps était doux et la télévision resterait fermée quelques heures.

Je n'ai pas envie de sortir, m'a-t-elle dit, mais tu peux y aller si tu veux. C'était en plein le genre de réponse que je détestais recevoir, mais que j'avais l'habitude de donner à Margot dans le temps que je pratiquais beaucoup la contrebasse. Sans le voir, j'avais encore laissé ma relation se détruire par elle-même en négligeant de prendre le temps pour les petites choses du quotidien – je suis sorti seul prendre l'air.

Au retour, j'ai suspendu mon manteau à un crochet dans le couloir et j'ai vu qu'il manquait encore des choses dans l'atelier de Joanie (elle transférait de plus en plus de ses affaires dans le débarras quand je m'absentais).

L'éditeur ne m'avait pas encore recontacté pour un éventuel premier rendez-vous. Je me suis permis, après sept jours sans nouvelles, de le relancer par courriel, j'avais très hâte de commencer le travail qui mènerait à l'édition de mon premier livre. On m'a rapidement répondu que j'aurais un retour aux alentours du quinze, dans deux semaines. Je devais prendre mon mal en patience. J'ai voulu noter la date sur le calendrier accroché au mur de la cuisine, mais c'est à ce moment-là que j'ai remarqué une coulisse d'eau sur le mur ; la fuite partait du plafond, à la jonction de la cuisine et du débarras. Le calendrier était imbibé, et le papier gondolait par endroits. Aussi, il y avait une petite flaque par terre, ça n'arrêtait pas de couler. J'ai demandé à Joanie si elle s'était rendu compte de quoi que ce soit : oui, a-t-elle répondu tout bonnement, j'ai vu ça un peu plus tôt. Elle ne m'avait rien dit – de temps en temps, je me demande à quoi elle peut bien penser.

J'ai essayé d'éponger le plus gros, mais l'eau ne cessait de ruisseler verticalement. Finalement, j'ai laissé une serviette au pied du mur, ça absorberait le plus gros de la fuite. Une tache jaunâtre était née au plafond, ce n'était pas bon signe. J'ai pris mon téléphone cellulaire pour rejoindre le propriétaire du bloc appartements, mais je suis tombé sur sa boîte vocale. J'ai laissé un message : allo, je suis le locataire du rez-de-chaussée sur Saint-Dominique, il y a un important dégât d'eau dans le plafond de ma cuisine, il faudrait venir rapidement, merci. J'espérais ne pas avoir à gérer seul cette situation bien longtemps.

Le proprio est arrivé en fin d'après-midi. Il est entré sans même prendre la peine de sonner ou de frapper à la porte, il faisait vraiment comme chez lui. Je me suis levé (j'écrivais assis dans la cuisine) pour l'accueillir. Il était déjà à mi-chemin dans le couloir, n'avait pas retiré ses grosses bottes de travail enneigées et laissait des traces de pas mouillés derrière lui (petits amonts d'eau sale et de gravelles diverses). Il m'a salué d'un signe de la main en regardant de loin la fuite au plafond. Je crois qu'il n'avait même pas remarqué la présence de Joanie dans le salon (elle n'avait pas bougé de son fauteuil). C'est rien ça, a-t-il dit, c'est une petite fuite de rien du tout. Son assurance me laissait perplexe. Il a mis la main dans la poche intérieure de son manteau et en a sorti une flasque dont il a bu une gorgée avant de me la tendre – du bourbon qui faisait l'affaire. Ensuite, il a demandé s'il pouvait fumer en allumant la cigarette qu'il s'était mise au bec pendant que je buvais. Les volutes montaient et se heurtaient au plafond avant de se rediriger un peu de tous les côtés. Ça puait et il m'expliquait qu'il détestait par-dessus tout faire ce genre de travaux.

Il avait enlevé son manteau – mais toujours pas ses bottes – et était monté debout sur une chaise de la table à manger qu'il avait tirée près de la fuite. Il tâtait le plafond où la tache jaunâtre s'était agrandie depuis que je l'avais remarquée. C'est mou, a-t-il dit avant de poursuivre, câlisse de tabarnak, il va falloir ouvrir le crisse de plafond pour aller voir la marde là-dedans. En fumant une autre cigarette, il m'a expliqué qu'il devait aller voir le locataire du dessus pour s'assurer que le problème ne venait pas de chez lui. Si tout allait comme il le voulait, il reviendrait demain pour entreprendre les travaux chez moi.

Pour faire partir l'odeur de cigarette, j'ai allumé la hotte du poêle au maximum. Le bruit me dérangeait, mais je n'avais pas d'autre choix. Joanie a augmenté le son de la télévision, mais elle s'est fatiguée et est allée s'enfermer dans le débarras en soupirant. J'ai passé un linge dans le couloir, dans la cuisine et sur la chaise en pensant au fait qu'elle ne s'enfermait plus dans la chambre.

Le lendemain midi, le propriétaire est revenu avec son coffre à outils, une énorme bâche bleue et un homme bedonnant de petite taille qui lui donnerait – à ce qu'il racontait – un précieux coup de main.

Dans la matinée, j'ai prévenu Joanie que si elle désirait rester dans le débarras, elle ne pourrait plus en ressortir que par l'extérieur, puisque la portion du plafond qui devait être ouverte se situait tout juste devant la porte communiquant avec la cuisine. Elle a donc transféré encore plus de trucs avant le début des travaux.

Elle disait avoir besoin de temps pour penser et créer, mais elle ne faisait rien d'autre qu'écouter la télévision. D'ailleurs, elle l'avait également déménagée dans le débarras. Je voulais lui donner une chance, mais on s'aimait de moins en moins, je crois.

La bâche bleue était énorme, fixée au mur, bloquant la porte du débarras et délimitant la zone sinistrée dans la cuisine. Le proprio et son homme à tout faire avaient enfilé des chiennes de travail et portaient des masques – c'était sérieux. Je restais dans le salon pour regarder l'avancement des travaux. La table et les chaises avaient été déplacées, la cuisine avait des airs de champ de bataille. Le proprio était monté dans une échelle et sciait le plâtre du plafond qui s'émiettait tendrement. Une partie de la section imbibée avait été retirée, c'était l'autre bonhomme qui recueillait les morceaux dans un sac poubelle noir avec ses mains nues (moi, j'aurais mis des gants). Quand il est arrivé un peu plus loin que le dégât, le proprio a tranché dans le plâtre dur et des milliers de particules se sont répandues librement dans l'air. C'était beau, presque féerique, mais j'allais sûrement devoir tout ramasser – j'éprouvais des sentiments partagés. Le plus gros du travail avait été fait. J'étais content, mais ils m'ont annoncé qu'ils devaient revenir le lendemain pour terminer le tout – ça devait sécher un peu avant de reboucher le trou.

Comme je ne pouvais pas me servir de la cuisine pour me faire à manger, le proprio m'a donné quarante dollars pour aller souper au restaurant (avec ma petite amie). Il m'a également offert de passer une nuit à l'hôtel si je trouvais l'appartement invivable – peut-être qu'il avait peur que je fasse une plainte à la Régie du logement. Ensuite, il m'a remis mon relevé 31 et m'a demandé des nouvelles de Margot, il voulait savoir où il devait lui faire parvenir le sien (je ne savais même pas où elle vivait). Naturellement, je lui ai dit que je m'en occuperais, je lui donnerais son papier en temps et lieu. Il m'a tendu l'enveloppe contenant les documents et je l'ai questionné sur l'offre de la chambre d'hôtel, au cas où. Je n'avais qu'à déduire le montant de la facture sur mon prochain loyer (il faudrait que j'avertisse Joanie de ce petit point technique, ce serait à elle de m'avancer l'argent).

Mon ventre criait famine. J'ai pris mon manteau et suis sorti à l'avant de l'appartement. J'ai fait le tour et j'ai traversé la ruelle pour aller cogner à la porte du débarras (mon passage dans la neige quelques semaines plus tôt était encore visible bien que ça avait beaucoup fondu depuis). Joanie a ouvert. On aurait dit qu'elle était surprise de me voir, mais elle m'a laissé entrer. La pièce avait bien changé depuis mon séjour. Les boîtes de plastique y étaient encore (elles avaient toutes été empilées dans le fond de la pièce – mon petit bureau n'existait plus), mais la télévision, les toiles, le chevalet et les divers articles de Joanie avaient de beaucoup réduit l'espace. J'ai proposé à Joanie de m'accompagner au restaurant, il y avait longtemps qu'on n'était pas sortis ensemble pour casser la croûte. Elle aussi avait faim, on y est donc allés sans plus attendre.

Assis face à face sur les banquettes en vinyle rouge, on attendait nos hot-dogs et nos poutines. Pour patienter, Joanie tournait les pages du menu tandis que je regardais les cuisiniers s'affairer au-dessus des plaques de cuisson. J'aimais bien cet endroit. Il donnait l'impression que le temps s'arrêtait et qu'il n'y avait plus rien d'autre à l'extérieur. J'en ai fait part à Joanie qui n'a pas réagi – c'était souvent comme ça, maintenant.

Nos canettes de liqueur sont arrivées quelques minutes avant nos assiettes. Je voulais profiter de ce moment en milieu neutre pour questionner Joanie sur son moral, mais je n'y parvenais pas, rien ne sortait de ma bouche – je mangeais. On engloutissait notre nourriture en silence. Je ruminais à l'intérieur. C'était une barrière solide qui s'était érigée entre nous, il n'y avait jamais de bon moment pour parler. Je trouve que tu as changé, ai-je fini par dire sans faire exprès entre deux bouchées.

Elle a alors tenté de m'expliquer que ce n'était pas de ma faute, que ses sautes d'humeur étaient réellement liées à la relation amour-haine compliquée qu'elle entretenait avec sa passion, son métier, son art. Franchement, je commençais à trouver ça lourd. Le fromage de ma poutine avait beaucoup trop fondu à mon goût, il s'étirait autant que le monologue de Joanie. J'ai coupé net les fils avec mes dents, j'en avais un peu dans la barbe sous le menton – elle repoussait lentement, mais sûrement. Même après l'avoir écoutée, il était clair qu'on ne faisait que tourner en rond. À voix basse, je lui ai proposé d'aller faire l'amour pour nous réconcilier – on ne sait jamais –, mais elle m'a répondu qu'elle essaierait de faire dorénavant plus attention à son attitude envers moi – c'était déjà ça.

Au moment de payer, le cuisinier derrière la caisse a usé de la même blague qu'à chaque fois. D'une voix niaise, il demandait un montant exorbitant et restait de marbre : ça fera soixante-quinze et cinquante s'il vous plaît. Le secret était d'entrer dans le jeu et de ne pas trop feindre la surprise. J'ai regardé mes billets et les lui ai tendus en attendant le change exact. Le gag s'arrêtait là. Sa déception n'était pas palpable, mais j'aimais me l'imaginer présente et lourde derrière ses yeux vitreux. J'ai laissé le pourboire à la serveuse et on est partis.

J'ai reconduit Joanie jusqu'au débarras. Elle m'a embrassé comme un nuage passe et m'a avoué que le souper lui avait ouvert les yeux sur certaines choses. Je devais lui laisser un peu plus d'espace, elle voulait prendre du temps pour réfléchir – difficile à suivre.

Je suis rentré par devant, déçu et confus. Machinalement, j'ai été dans la cuisine en souhaitant que tous les travaux soient terminés, que ça n'ait été qu'un mauvais rêve. Je me suis rapidement rendu compte que non ; le plafond de la cuisine s'était encore plus affaissé en mon absence, et il y avait des débris partout (non mais, quelle job de marde ils avaient faite). Je me voyais mal passer la nuit ici à respirer cet air vicié par la moisissure, je n'avais pas d'autre choix que d'aller coucher à l'hôtel. J'ai fait ma valise : quelques vêtements, deux livres et mon ordinateur portable. Avant de partir, j'ai été voir Joanie pour lui demander si elle voulait venir avec moi, mais non, elle préférait rester coucher à l'appartement (dans le débarras). Je lui ai donc demandé de l'argent pour la nuit, lui ai expliqué comment elle serait remboursée, et elle m'a tendu nonchalamment une carte de crédit. J'ai appelé le propriétaire pour le mettre au courant des dégâts supplémentaires. Il m'a remercié de l'avoir averti, mais sacrait beaucoup. Il m'a ensuite donné carte blanche pour louer une chambre. Selon ses conseils, j'ai pris la direction du Motel Idéal – ni trop loin ni trop cher, il portait apparemment bien son nom.

À mon arrivée, la réceptionniste m'a demandé si c'était pour une sieste ou pour une nuit. Étonné, j'ai répondu : nuit, tout en réfléchissant à l'honnêteté de louer une chambre de motel pour faire la sieste.

La porte s'est ouverte en grinçant. La chambre était exiguë et froide. Le lit double venait d'être fait, et la salle de bain empestait l'eau de javel. J'ai regardé l'heure sur le cadran de la commode et j'ai commencé à défaire mon sac en rangeant mes trucs dans les tiroirs. J'ai branché mon ordinateur portable et l'ai déposé sur le petit bureau près de la seule fenêtre de la pièce. J'ai ensuite augmenté la température de la pièce à vingt-quatre degrés. Les rideaux étaient fermés et c'était très bien comme ça. Tout à coup, j'ai senti quelque chose dans ma poche, mon téléphone vibrait, on m'appelait, on voulait me parler, j'étais surpris – mais rien, il n'y avait ni appel manqué ni message, ça n'avait été qu'un frisson traversant ma jambe, un choc électrique invisible annonciateur de rien de bon.

Je pensais à Joanie et ça me rendait triste. Je ne voulais pas que notre relation se termine, mais tout indiquait qu'on allait tranquillement dans cette direction.

De mon sac, j'ai sorti l'enveloppe que je devais remettre à Margot. En la déposant à droite de l'ordinateur, je me demandais comment j'allais bien pouvoir la lui remettre. Je devais tout d'abord l'appeler – si elle n'avait pas changé de numéro. Elle n'a pas répondu. Je ne savais pas si elle était réellement occupée ou si elle avait vu mon nom sur l'afficheur et n'avait simplement pas voulu me parler (depuis le temps, elle aurait dû passer à autre chose, non ?). En entendant sa voix sur le répondeur, j'ai hésité, mais quand elle a suggéré de laisser un message après le signal sonore, je me suis laissé aller ; je voulais lui parler et j'avais un papier pour les impôts à lui remettre de la part de son ancien propriétaire. En raccrochant, je me suis aperçu qu'entendre sa voix m'avait fait du bien.

Le soir venu, au motel, je n'ai mangé que très légèrement, l'appétit n'était pas là. Le lendemain matin, j'avais très faim.

Margot n'avait toujours pas retourné mon appel. J'ai donc décidé de sortir prendre le petit déjeuner avant de retenter ma chance (je suis marabout quand j'ai faim). J'ai marché jusqu'au McDonald's à quelques pas du motel. Il n'était pas encore neuf heures et le restaurant était bondé. J'ai fait la file durant dix minutes avant de commander et j'ai pensé que j'aurais mieux fait d'apporter un livre. Quand ça a été à mon tour de passer ma commande, j'ai demandé à la caissière si je pouvais avoir un journal, ça me ferait quelque chose à lire en mangeant. En échange d'un dollar, je pouvais en emprunter un (on me remettrait ma pièce au retour du quotidien). Je parcourais les pages en mangeant – il n'y avait rien d'intéressant – quand je suis tombé sur un article qui parlait de l'ascension fulgurante d'une jeune artiste peintre montréalaise. Il y avait même une photo d'elle posant près d'une de ses plus récentes œuvres (je reconnaissais la fameuse couleur). Elle se nommait Joanie, vendait dans les cinq chiffres et vivait dans le débarras à l'arrière de mon appartement.

Vers onze heures, je suis retourné à ma chambre. Au moment même où je m'apprêtais à réessayer de rejoindre Margot, mon téléphone s'est mis à sonner et c'était elle, Margot, qui voulait savoir ce que je lui voulais, câlisse.

Par je ne sais trop quel miracle, j'ai été assez convaincant pour qu'elle accepte de me revoir. Au début, quand je lui ai suggéré un rendez-vous au Motel Idéal, elle ne m'a pas pris au sérieux. De un, j'ai dû lui expliquer de long en large l'histoire du plafond et de deux, lui assurer qu'elle m'avait beaucoup manqué depuis son départ. Au passage, je lui ai raconté la rencontre impromptue avec son oncle et sa tante, mais elle connaissait déjà cette anecdote (ils la lui avaient racontée). Margot m'a demandé où était Joanie (dans le débarras) et voulait également savoir ce qui se passait entre nous (relation instable). Je ne savais pas trop quoi lui répondre (évidemment). Viens me rejoindre, ai-je fini par redemander, je te raconterai tout (même ce que je ne sais pas encore). Dans le timbre de ma voix, je crois qu'on pouvait déceler mon sentiment de culpabilité de l'avoir mise à la porte de notre appartement, d'avoir volé sa blonde et de vouloir la reconquérir subtilement (toutes de mauvaises choses).

Elle est arrivée au bout de deux heures, à vélo et en sueur sous un manteau et un gros chandail de laine qui ressemblait à celui que Joanie m'avait prêté le jour où j'avais vendu ma contrebasse. Avant toute chose, elle voulait se laver. Heureusement, la chambre possédait sa propre salle de bain avec douche. Juste avant qu'elle n'aille sous l'eau, je lui ai remis l'enveloppe qui lui était destinée et elle l'a rangée dans son sac sans même l'ouvrir. Je lui ai ensuite demandé si elle voulait boire quelque chose, mais je n'avais rien prévu. Quand elle a accepté, je lui ai dit que je devais sortir pour aller chercher du vin dans un dépanneur tout près (il n'y avait rien dans le petit réfrigérateur). À mon retour, Margot était sortie de la douche et était allongée sur le lit. Enroulée dans une serviette blanche, elle regardait la télévision. Il y avait un reportage sur une jeune artiste peintre montréalaise (qui vivait dans mon débarras). Apparemment, personne n'arrivait plus à la rejoindre – bizarre.

Margot était étonnée, oui et non ; Joanie avait toujours été une femme mystérieuse à ses heures. Pour mieux comprendre, elle voulait que je lui raconte dans les moindres détails tout ce qui s'était passé depuis son départ (ça tombait à pic : je n'arrivais pas à résumer cette histoire ni à en tracer les grandes lignes – l'essentiel m'échappait encore). Elle m'écoutait attentivement, curieuse et patiente comme on prend des nouvelles de son ex par la bande. Soudainement, le téléphone s'est mis à vibrer dans ma poche. Cette fois, c'était vrai ; le propriétaire m'annonçait la prolongation des travaux dans la cuisine (c'était écrit dans le ciel). Il m'a fortement suggéré de demeurer au motel jusqu'à nouvel ordre. J'allais lui demander des nouvelles de Joanie, mais il a raccroché sèchement. J'ai regardé Margot d'un air désespéré. Je crois que c'est à ce moment-là qu'elle a vu au fond de mes yeux que je ne voulais plus rien savoir de ma vie actuelle. Elle s'est approchée de moi et m'a embrassé. Ensuite, on a tiré la douillette pour découvrir un drap vert, d'une teinte que je connaissais que trop bien – smaragdin, merde.

Si je n'ai jamais été bon avec les réconciliations, cette fois ça n'a pas paru. On a fait l'amour comme si notre séparation n'avait jamais eu lieu ; tout portait à croire qu'une simple pause dans notre relation était ce dont on avait besoin depuis le départ. Les jours passés au motel en compagnie de Margot ont défilé à grande vitesse. Le temps s'était arrêté et tout semblait se remettre enfin en ordre.

Après quatre jours et cinq nuits, le propriétaire m'a appris que je pouvais revenir à l'appartement. J'ai remis les clés à la réception et j'ai réglé la chambre avec la carte de Joanie.

De retour à l'appartement, il faisait froid. Le chauffage avait été laissé au plus bas et l'humidité était prise entre les murs. J'ai fait un tour rapide dans la cuisine pour inspecter les travaux – c'était comme si rien ne s'était passé. Margot me suivait en remontant les thermostats sur son passage. Je voulais savoir comment allait Joanie, je n'avais pas eu de ses nouvelles depuis près d'une semaine. J'ai pensé qu'elle n'apprécierait peut-être pas de recroiser Margot maintenant, je lui ai donc demandé de m'attendre dans la chambre à l'avant pendant que j'allais cogner à la porte du débarras. Personne n'a répondu. J'ai voulu ouvrir, mais la porte était verrouillée de l'intérieur. Je devais faire le tour pour passer par la porte donnant sur la cour. Je suis retourné voir Margot. Elle était assise sur le lit et observait le bordel sur le sol – ça avait des airs de scène de cambriolage. Je n'avais pas encore remarqué que les tiroirs des commodes étaient ouverts et qu'il manquait toutes les choses de Joanie. Même la deuxième chambre – celle qui servait d'atelier – ne contenait plus aucune trace de son passage. Margot m'a pris par la main et m'a entraîné sur le lit avec elle (il faudra vraiment laver la literie).

Après, je suis sorti faire le tour de l'appartement pour entrer par le débarras. Il n'y avait plus que mes bacs et mes choses, Joanie s'était éclipsée avec ses toiles et ses accessoires de peinture. Même la télévision avait disparu. Sur le sol, il y avait une enveloppe avec mon nom dessus. Je croyais que c'était une lettre d'adieu, mais c'était une avance d'argent pour les trois prochains mois du loyer (partir sans prévenir, c'est pas chic chic). Il n'y avait rien d'autre à signaler.

Le lendemain, j'ai ouvert mon ordinateur pour prendre mes courriels – j'avais été très occupé dernièrement. La maison d'édition qui voulait me rencontrer ne voulait plus me rencontrer. De plates excuses m'apprenaient qu'ils étaient surchargés et qu'il ne leur était plus possible d'envisager la publication de mon livre (entre les lignes, il n'était pas assez bon). J'étais déçu, mais Margot revenait vivre avec moi (dans l'appartement) – un petit baume pour mon moral.

Il fallait aussi que je me retrouve un emploi, au moins pour continuer de payer les factures. J'ai été voir à l'épicerie au coin de chez moi, je savais qu'ils cherchaient un caissier depuis trois ou quatre mois. Le gérant m'a engagé sur le champ – j'étais déjà un bon client. C'était loin de mes aspirations de musicien, mais tant et aussi longtemps que je n'avais pas terminé mon roman, ça allait me suffire amplement.

Dans la cuisine, j'ai mis le pied sur un morceau de vitre et je me suis coupé. Je me demandais d'où ça pouvait bien provenir. En retirant le verre à l'aide d'une pince à épiler, j'ai réalisé que c'était un morceau qui devait dater de la chicane la veille du départ de Margot. Tout est dans tout, rien n'arrive pour rien, etc.

Pendant notre séparation, Margot avait elle aussi commencé à écrire un roman, un projet qu'elle traînait depuis plusieurs années. Quand elle revenait du travail, elle se plongeait dans son écriture, et quand je revenais à mon tour, elle s'arrêtait et on préparait le souper ensemble. C'était une nouvelle routine, une vie de couple simple qui nous allait à merveille.

Un soir, aux nouvelles de dix-huit heures, on a encore entendu parler de Joanie, personne ne savait ce qui lui était arrivé, elle était encore recherchée – une certaine transaction avait été faite dans un motel de Montréal, apparemment la dernière trace laissée derrière elle (mais personne ne m'avait questionné). J'ai pris mon téléphone pour contacter le propriétaire, lui demander s'il ne l'avait pas croisée lors des travaux – le numéro était hors service.

Le surlendemain, je suis revenu du travail un peu plus tard qu'à l'habitude. Margot avait déjà commencé à préparer le souper – elle essorait la salade dans l'essoreuse à salade pour la toute première fois (et ça a sonné à la porte).

hamac

Au catalogue

Madeleine Allard
Quand le corps cède, nouvelles, 2016

Jean-Pierre April
Histoires centricoises, nouvelles, 2017
Méchantes menteries et vérités vraies, nouvelles, 2015

Nicolas Bertrand
Déjà, roman, 2010

Josée Bilodeau
Au milieu des vivants, roman, 2019

Emmanuel Bouchard
Les faux mouvements, nouvelles, 2017
La même blessure, roman, 2015
Depuis les cendres, roman, 2011
Au passage, nouvelles, 2008

Françoise Bouffière
La Louée, roman, 2009

Véronique Côté et Steve Gagnon
Chaque automne j'ai envie de mourir, secrets, 2012

Geneviève Damas
Histoire d'un bonheur, roman, 2015
Les bonnes manières, nouvelles, 2014
Si tu passes la rivière, roman, 2013

Fanie Demeule
ROUX CLAIR NATUREL, roman, 2019
Déterrer les os, roman, 2016

Dominique de Rivaz
Rose Envy, roman, 2015

Camille Deslauriers
Les ovaires, l'hypothalamus et le cœur, nouvelles, 2018

Sarah Desrosiers
Bon chien, roman, 2018

Lynda Dion
Grosse, roman, 2018
Monstera deliciosa, roman, 2015
La Maîtresse, roman, 2013
La Dévorante, roman, 2011

Sinclair Dumontais
La Deuxième Vie de Clara Onyx, roman, 2008

Jean-Guy Forget
After, roman, 2018

Valérie Forgues
Janvier tous les jours, roman, 2017

Nicholas Giguère
Quelqu'un, 2018
Queues, 2017

Pierre Gobeil
Splendeurs et misères de l'homme occidental, roman, 2015
L'Hiver à Cape Cod, roman, 2011

Julie Gravel-Richard
Enthéos, roman, 2008

Jean-Luc Lagarce
Juste la fin du monde, théâtre, 2016

Marie-Claude Lapalme
Le bleu des rives, nouvelles, 2016

Maryse Latendresse
Harakiri, roman, 2018

Daniel Leblanc-Poirier
Nouveau système, roman, 2017

Claire Legendre
Making-of, roman, 2017

Hélène Lépine
Un léger désir de rouge, roman, 2012

Stéphane Libertad
L'Odyssée d'Yval, roman, 2018
La Baleine de parapluie, roman, 2012
La Trajectoire, roman, 2010

Alexis Martin
Camilien Houde, « le p'tit gars de Sainte-Marie », théâtre, 2017

Alexis Martin et Pierre Lefebvre
Extramoyen, théâtre, 2018

Ricardo Monti
Hôtel Columbus, théâtre, 2018

Maxime Olivier Moutier
L'inextinguible, entretiens, 2018

Anne Peyrouse
Tu ne tueras point, roman, 2018
Passagers de la tourmente, nouvelles, 2013

Maude Poissant
Saccades, nouvelles, 2014

Sina Queyras
Autobiographie de l'enfance, roman, 2016

Karine Rosso
Mon ennemie Nelly, roman, 2019

Éric Simard
Martel en tête, roman, 2017
Le Mouvement naturel des choses, journal, 2013
Être, nouvelles, 2009
Cher Émile, roman épistolaire, 2006

Olivier Sylvestre
La loi de la gravité, théâtre, 2019
le désert, 2019
noms fictifs, récits, 2017

Vincent Thibault
La Pureté, nouvelles, 2010

Maude Veilleux
Prague, roman, 2016
Le Vertige des insectes, roman, 2014

Entièrement consacré à la fiction,
Hamac propose des textes
profondément humains qui brillent
par leur qualité littéraire.

Si vous avez aimé celui-ci,
nous vous invitons à découvrir
les autres titres de notre catalogue.
Ils vous plairont sûrement.

Pour soumettre un manuscrit ou obtenir plus d'informations,
visitez le site www.hamac.qc.ca

Hamac est dirigé par Éric Simard.

Pour obtenir de l'information
sur la vente et l'achat de droits,
écrivez-nous à rights@hamac.qc.ca.

En préparant le souper, alors qu'il essore de la salade dans l'essoreuse à salade, le narrateur a l'idée de déménager ses affaires dans le débarras à l'arrière de la cuisine. À partir de ce moment, sa vie de couple avec Margot se détériore. L'arrivée de Johanie, une jeune artiste peintre bien mystérieuse, ne viendra pas arranger les choses à l'appartement.

COMPOSÉ EN ARNO PRO CORPS 13
SELON UNE MAQUETTE RÉALISÉE PAR PIERRE-LOUIS CAUCHON
CET OUVRAGE A ÉTÉ ACHEVÉ D'IMPRIMER EN AOÛT 2019
SUR LES PRESSES DE L'IMPRIMERIE MARQUIS
AU QUÉBEC